강화학개론

빈형 게임 판타지 장편소설

WISHBOOKS FANTASY STORY

강화학개론 15

빈형 게임 판타지 장편소설

초판 1쇄 찍은 날 | 2018년 9월 17일
초판 1쇄 펴낸 날 | 2018년 9월 27일

지은이 | 빈형
펴낸이 | 예경원

기획 | 위시북스
편집책임 | 이규재
편집 | 위시북스

펴낸곳 | 예원북스
등록번호 | 제396-2012-000132호
등록일자 | 2012. 7. 25
KFN | 제1-310호

주소 | 경기도 고양시 일산동구 호수로 646-24 위너스21 II빌딩 206A호 (우)10401
전화 | 031-819-9431 팩스 | 031-817-9432
E-mail | yewonbooks@naver.com

ISBN 979-11-89450-35-9 04810
979-11-6098-321-0 (set)

※ 이 도서의 국립중앙도서관 출판시도서목록(CIP)은 서지정보유통지원시스템 홈페이지(http://seoji.go.kr)와 국가자료공동목록시스템(http://www.nl.go.kr/kolisnet)에서 이용하실 수 있습니다.

강화학개론

빈형 게임 판타지 장편소설

WISHBOOKS FANTASY STORY

완결

Wish Books

강화학개론

CONTENTS

Episode 63.

인생은 빈손으로 왔다 잔뜩 챙겨 가는 것

1

보좌관이 심각한 표정으로 한참을 고민하더니 고개를 끄덕였다.

"군자금으로 쓰시려는 것이겠지요?"

"당연하지. 내가 뭐 그거 가지고 나르기라도 할까. 제 애완 골드 드래곤이 골드를 잔뜩 처먹어야 하늘에서 메테오라도 하나 떨어뜨릴 수 있어서 그런 거니 빨리 주세요. 이 말 알죠? 아끼다 똥 된다. 저승길에 노잣돈 모아놔 봤자 다 제 자식들 배불리는 길이다. 쓸 수 있을 때 쓰자. 어차피 저기 밖에 눈에 불을 켜고 리치 영지 먹으려는 놈들한테 뚫리는 순간 숨겨둔 골드는 전부 뺏길 테니 영지 지키는 데 쓴다고 생각하세요."

그냥 해본 말에 넘어오는 보좌관을 보며 다시금 공손해지는 말투, 대충 내뱉던 말이 좀 더 신중해진다.

혹시나 하긴 했는데 역시나.

'와, 돈을 숨기고 있었다 이거지?'

어쩐지 리치 영지와 더불어 리치 카지노까지 대륙에 돈을 갈고리째 쓸어 담고 있다고 이름 날리고 있는 마당에 그에게 들어오는 돈이 단 한 푼도 없다는 게 이상하다 싶긴 했다.

역시 그는 바지사장이었던 것인가. 아니면 그를 진정한 영주라기보다 뜯어먹기 편한 호구쯤으로 보았을 수도.

괘씸했지만 별말은 하지 않았다. 과연 보좌관으로서 아주 훌륭한 처사였다.

세상에서 가장 힘든 게 들키지 않고 탈세하기가 아니던가. 보좌관은 단 한 푼도 주지 않으면서도 그걸 훌륭히 해냈다. 어지간한 담력으로는 불가능한 일이니 인정해 줄 만하다.

무엇보다 그것들을 지금 돌려받는 게 아닌가. 떨떠름한 표정으로 앞장서는 보좌관을 얼른 따라갔다.

영지 내에 이런 곳이 있나 싶을 정도로 어두운 지하를 지나 거대한 창고의 문에 도달했다.

"와."

감탄이 절로 나올 정도로 깊숙하고 은밀하다. 따라왔음에도 여기까지 어떻게 왔는지 의문일 정도로 복잡하다.

보좌관에게 했던, 어차피 영지가 털리면 다 뺏길 돈이라는 말은 취소해야 할 듯했다. 여긴 대륙에 핵폭탄이 다섯 개쯤 떨어져도 안전하리라.

그런데도 한시민의 협박에 순순히 골드를 내놓으려고 여기까지 데리고 온 이유는 하나일 것이다.

"진짜 꼭 영지를 지켜 주십시오, 영주님."

"이럴 때만 영주네. 한 푼도 안 주고 다 꿍쳐둔 주제에."

"……죄송합니다."

정말 영지를 사랑하기 때문. 울타리 하나 없이 숨을 겨우 이어가던 영지도 버리지 않고 여기까지 키워낸 보좌관의 열정. 한시민은 그것에 감동했다.

세상은 역시 아직 타락하지 않았다. 이렇듯 돈보다 소중한 가치를 지닌 사람이 있다니. 후려 처먹을 보람이 있다.

그래도 정도 있고 마음씨가 고우니 조금만 털어먹자 마음먹은 한시민의 눈앞에 거대한 금고가 입을 벌렸다. 그와 함께 눈부신 금빛 광채가 어두운 통로를 환하게 비추었다.

"으악! 내 눈!"

그건 뭐랄까. 한시민이 평생 경험해 보지 못했던 돈의 공격이었다.

황제의 창고도 분명 크고 화려했다. 하지만 거긴 황금보다는 대륙에서 쉽게 볼 수 없는 다양하고 희귀한 보석류와 신비한 아티펙트가 주를 이루고 있었다.

어차피 황금이야 황제의 말 한마디면 없다가도 뚝딱 만들어질 테니 당연한 구성이다. 한마디로 황제에겐 황금이 보물 창고에 넣을 정도로 가치가 없다는 것.

하나 보좌관에겐 그렇지 않다. 금고에 분명 아티펙트나 여러 보석도 존재하지만, 거대한 금고에 압도적으로 많은 것은 보기만 해도 눈이 부신 골드바였다. 무슨 일이 일어났을 때, 이를테면 전쟁이 벌어졌을 때 현금으로써 가치가 있는 황금을 위주로 모아둔 것이다.

"크."

당연히 한시민의 취향은 이쪽이다. 모든 것이 돈으로 연결되는 한시민에게 황제의 보물 창고가 비싸게 팔아먹을 수 있는 꿀단지라면, 여기는 그걸 제값에 팔 노력을 하지 않아도 되는 현금 창고니까. 게다가 빼액이가 사용하기 편하게 다 황금으로 되어 있다.

"아주 훌륭해."

10초 전에 했던 조금만 털어먹자는 생각은 이미 사라진 지 오래였다.

한시민은 당당하게 물었다.

"하나만 물을게요. 얼마나 영지를 지키고 싶으세요?"

"……?"

"진짜 제가 이런 말씀은 안 드리려고 했는데 솔직하게 재산 공개하는 보좌관님의 정성에 감동했습니다. 원래는 반 정도 제가 뜯어먹으려고 했는데 특별히 30%만 가져가고 나머지는 전부 전쟁에 쓰겠습니다."

"……."

"얼마까지 쓸 생각이 있습니까."

"영주님……."

"어허, 그렇게 제게 영지의 일원임을 부각해 죄책감을 느끼게 해서 가격을 깎거나 열정 페이로 부려먹으려는 생각은 하지 마세요. 나한테 줄 돈 여기다 다 삥땅 쳐둔 거 봐주는 것만으로도 감사해야 할 마당에."

"……."

입이 열 개라도 할 말이 없는지, 보좌관은 오랜만에 한시민의 말에 대꾸하지 않았다.

보좌관은 침음을 내뱉으며 고민을 하다 입을 열었다.

"다 쓰셔도 좋습니다."

"헐?"

"다만, 믿겠습니다."

"믿으면 복이 오죠."

계약은 성사됐다. 언제나 그렇듯 악마의 계약이었지만.

"빼액아!"

한시민이 여유 있게 금고 밖을 향해 소리쳤다.

"빼애액!"

기다리고 있던 빼액이가 얼른 따라붙었다. 핵폭탄이 떨어져도 안전할 만큼 깊숙이 숨겨져 있는 금고지만 황금 냄새를 맡은 빼액이는 핵폭탄보다 대단했다.

"먹어."

작은 새로 변한 채 어깨 위에서 눈을 번뜩이는 빼액이에게 누가 봐도 멋있는, 아주 훌륭한 주인인 양 자애롭게 말했다.

"야! 이 씨! 이런 미친 용가리 새끼야! 그걸 다 처먹으면 어떻게 해!"

끝까지 보지 않았으면 아주 멋있는 엔딩이었을 것이다.

금고에서 나온 금괴의 양은 엄청났다. 하나에 천 골드짜리 금괴, 그러니까 1억 원짜리 금괴가 백 개가량 있었다.

현금으로 따지면 150억이다. 아니, 잘만 팔면 160억도 받을 수 있다. 물론 제대로 설명도 안 한 채 똥폼 잡다가 빼액이가

다 처먹는 바람에 현금으로 바꾸는 일은 요원해졌지만.

어쨌든 무려 10만 골드다. 한 번도 만져 보지 못했던 돈은 아니지만 굉장히 많은 양인 것은 틀림없다. 운이 좋게 금광을 털어 인간이 만지기 힘든 골드를 얻었던 때와는 다르다.

이건 리치 영지와 카지노에서 벌고 남은 수익을 1년 동안 모아놓은 것이니까. 잘 쓰면 빼액이의 레벨을 4 정도 올릴 수도 있을 양이었다. 하지만 한시민은 그러지 않았다.

많은 골드지만 왕국을 둘러싼 채 진격하는 군대를 전멸시키기엔 터무니없이 부족한 양이기도 하다.

뭐, 보여주기 식으로 메테오 몇 방 떨어뜨린다고 무서워 도망칠 인간들도 아니다.

원래 가장 무서운 게 인간이라 하지 않던가. 욕망에 눈이 먼 인간들은 자기만 죽지 않으면 된다는 생각으로 계속해서 전진할 것이다.

수백만이 넘는 군대와 그런 식으로 소모전을 하는 건 한시민에게도 좋지 않은 전개이니 초심을 유지했다.

"무조건 리치 영지를 지키는 식으로만 간다."

그러기 위해 필요한 건 뭘까?

제한된 골드.

어떤 강한 마법이든 한 번은 사용할 수 있는 양.

머리를 굴렸다.

전쟁에서 이기는 것보다 영지를 지킬 방법.

고민은 길지 않았다. 아무리 많은 마법이 있다 한들 가능성 높은 건 몇 개 되지 않았으니까. 그리고 그건 역시나 비용이 상당했다.

"하, 내 인생은 왜 이렇게 적자 인생이냐."

빼액이의 머리를 쓰다듬으며 실질적인 계획을 세우기 시작했다.

2

리치 영지를 공격하는 해방군은 거침이 없었다.

그들의 앞을 가로막을 거대한 드래곤 두 마리의 등장으로 인해 온몸이 흥분으로 가득 찬 상황에서 예상했던 거센 공격이 없어 오히려 그런 흥분으로 더 열심히 진격해 나갔다. 그러니 그들의 거침없는 행동은 자연스러운 현상이었다.

사기가 높으니 승승장구할 수밖에 없었고, 그들의 앞을 막는 저항도 없었다. 애당초 뚫어야 할 것은 이제 막 지어진 성벽뿐이었다.

그런데 무슨 생각인지 성벽을 지키는 병력도 모두 후퇴한 상황. 왕국 내에 크고 작은 영지들도 해방군이 들이닥치자 다들 무장을 해제한 채 항복을 선언하고 있었다.

그런 혼란과 흥분의 도가니 속에서 무의미한 살생이 벌어질 법도 하건만 아쉽게도 거기에 포함된 신전의 성기사들이 그것을 저지시켰다.

대륙의 사람 중에, 전쟁에 참여한 사람 중에 나쁜 건 한시민이라는 걸 모르는 사람은 없다. 게다가 왕국에 소속된 영지들은 얼마 전에 마지못해 합류한 영지들이다.

상황이 그리되니 하늘을 뚫고 올라갈 것만 같았던 흥분은 조금씩 가라앉았다. 그리고 그 자리엔 분노가 조금씩 쌓이기 시작했다.

드래곤까지 앞세우며 대륙의 사람들에게 의기양양하게 선전포고할 때는 언제고 이제 와서 무고한 영지들을 내던지며 시간을 벌다니.

피해가 전무하다시피 한 군대가 한 곳을 향해 진격했다.

리치 영지. 한시민이 있는 장소.

그리고 정찰을 통해 알려진 최종 결전지.

리치 왕국의 성벽은 허물어졌고 그곳에 소속된 영지들은 다른 왕국들에 뿔뿔이 나누어졌다.

리치 카지노 역시 마찬가지였다. 살생만 하지 않지, 그냥 미친 망나니 같던 군대들이 리치 카지노에선 놀랍도록 차분해 그곳엔 아예 사람의 발길이 없었던 건 아닌지 싶을 정도로 깔끔하게 넘어갔다.

마지막 도착지, 리치 영지에 도착했을 때 군대는 더 많았다. 원래도 많았지만 몇 배는 넓었던 왕국을 둘러쌌던 때와 달리 리치 영지는 수백만이 둘러싸기에 너무나도 좁은 공간이다.

그냥 걸어서 밀어붙이기만 해도 지도상에서 사라질 것만 같은 느낌이랄까.

하나 사람들은 쉽사리 다가가지 못했다.

그곳에 설치되어 있는 엄청난 마법진 때문에?

아니, 그것 또한 수백만 병력 앞에선 일개 마법진 쪼가리가 될 뿐이다. 15강 마법진의 효능에도 한계가 있게 마련이니까.

그들이 접근하지 못하는 이유는 하늘 위의 존재들 때문이다.

처음에 보았던 두 마리의 드래곤. 그리고 그 위에 앉아 있는 한시민.

설치되어 있는 마법진 따위와는 위엄부터가 다르다. 선불리 다가가고 싶지 않다.

이미 많은 수가 모여 있지만 하늘 위의 드래곤을 직접적으로 공격할 수단이 마련됐을 때 접근해도 늦지 않다.

드래곤이란 그런 존재였다.

그게 말도 안 되는 전력의 차이 속에서도 대치가 이루어지는 단 하나의 이유였다.

기다림과 침묵.

수백만이 존재하는 자리에서 어울리지 않는 단어가 고요하게 맴돌았다.

그 침묵을 먼저 깬 것은 한시민이었다.

이틀, 처음보다 두 배의 숫자가 더 모였을 때 한시민이 비장의 카드를 꺼내 들었다.

"난 몰라, 시X. 날 이렇게 만든 건 너희들이야."

빼액이의 몸이 그 어느 때보다 황금빛으로 환하게 빛났다.

골드의 소모와 함께 생성된 마력은 그의 옆에 달라붙어 있던 아리아에게 흡수되었다.

그리고 하늘에 구멍이 뚫렸다.

세상의 모든 불길함을 가득 담고 있는 것만 같은 구멍이.

거기서 쏟아져 내렸다.

마족들이.

3

누구나 평화를 원한다.

상류층이 보수적인 것도 그 이유다.

변화는 언제나 많은 것을 가져올 수 있지만 동시에 많은 것을 잃을 수도 있다는 의미를 내포한다.

오랜 시간을 들여 자신의 자리를 굳건하게 굳혀놓은 자들이 어쩌면 그들에게 이익이 될지도 모를 변화를 목숨을 내걸면서까지 거부하고 밀쳐내는 것 모두 그러한 맥락이다.

사람 일은 모르는 것이니까. 더 얻기 위해 자신의 자리를 조금이라도 내주는 건 결국 현재 자신의 것을 손해 본다는 뜻이니까.

물론 가진 게 얼마 없으면, 얻을 수 있는 보상이 잃을 것에 비해 월등하게 크다면 손해를 보든 투자를 하든 결정할 만하다.

하나 그게 언제나 그렇게 말처럼 쉽게 이루어질 리는 없다.

특히 현실에서는 더더욱 그렇다. 누군가 자신의 자리를 위협한다면, 그건 상대방 입장에서도 많은 걸 생각하고 위험부담을 감수하면서까지 변화를 감내하겠다는 뜻이다. 그리고 그건 결코 자신에게 도움이 될 방향은 아닐 터.

해서 많은 사람이 걱정을 했었다.

전쟁이 일어나기 전, 아주 오래전 한시민이 마왕과 함께 대륙에 넘어왔을 때부터.

-야, 그런데 시민이 지금은 마왕이다 뭐다 천왕으로 잘 둔갑시켜서 승승장구하고 있으니까 별짓 안 하는데 만약 저거 뽀록나면 어떻게 되는 거냐?

-뭘 어떻게 돼, 그냥 인생 뽀록나는 거지.

-아니, 새끼야. 그러니까 그다음 말하는 거지. 우리야 시청자니까 그냥 X됐구나 하면서 보면 그만이지만 NPC들 입장에서는 그게 아니잖아. 실상은 마족과 손잡은 모험가 새끼가 대륙에 마왕 데리고 와서 천왕으로 속여 먹고 대륙을 농간하는 그림인데 가만히 두겠냐? 바로 영지고 작위고 다 회수지. 회수만 하면 다행이게? 무한 척살일 텐데.

-그렇지.

-그럼 시민이 성격에 가만히 있겠냐? 아니지, 이건 시민이가 아니어도 그 누구라도 빡쳐서 깽판을 치고 싶지 않겠냐? 현실도 아니고 게임인데 깽판 치는 거에 별다른 부담감도 없을 거고.

-그러네.

-원래 그러잖아. 인생을 조지면 허탈감만 들어서 한강을 찾는데 자기 돈벌이를 조지면 어떻게든 복수할 생각밖에 안 든다고.

-그래서 시민이가 깽판이라도 친다고? 어떻게? 마왕은 어차피 마왕으로서 역할도 못 하잖아.

-야, 이 붕딱아. 갖고 있는 거 다 망하게 생겼는데 방법 하나 못 찾겠냐.

-그럼 어쩌라고.

-뭐 어쩌라고 말한 건 아냐. 그냥 그렇다는 거지. 생각해 보니 문득 그런 상황이 떠오르더라고. 대륙의 위기는 시민이 막았지만 만약 그 또라이 심기가 틀어져서 마족들을 대륙으로 불러들인다면?

그리고 걔가 그 뒤에서 더 이상 뽑아 먹을 게 없는 대륙을 죄다 파괴하고 다닌다면?

-…….

-더 최악의 상황은 뭔지 아냐?

-뭔데.

-내가 시민이 방송 처음 강화할 때부터 1년 넘게 봤거든?

-응.

-그 자식은 어떻게든 마족들 이용해서 딱 유저들이 숨만 쉴 수 있게 만들 거라는 거. 그리고 대륙에서 잃은 기반보다 더 많은 돈을 벌려고 할 거라는 거.

-에이, 그래도 너무 과한 가정이다. 생각이 있다면 그러진 않겠지.

-나도 그렇게 생각한다. 그런데 그럴 수도 있다는 생각이지.

이런 의견을 갖고 상상의 나래를 펼치는 사람들도 한시민의 방송을 보는 사람들 가운데 극소수일 뿐이다.

충분히 가능성이 있는 가정이라 해도 사실상 하루에 20시간을 게임에 투자한 채 1년 반을 달려온 유저가 게임을 망치는 방향으로 상황을 이끌어 나간다는 건 단기적으로 보나 장기적으로 보나 말도 안 되는 선택이기에.

기반을 잃는 건 일순이지만 그런 말도 안 되는 선택을 했을 때 벌어질 상황은 기반을 가꿀 터전마저 사라지게 하는 길로 이어질 수도 있다.

해서 그냥 웃고 넘겼었다. 그게 이렇게 현실로 나타날 줄은 꿈에도 모른 채.

마족들은 지옥 같은 하루하루를 보내고 있었다.

그들이 살고 있는 세상은 인간들이 보기엔 이미 지옥이긴 하지만 마족들에겐 또 다른 의미의 지옥이었다.

이는 오랜 시간 이어져 오던 천계와 마계의 경계가 무너지고, 천왕에게 패배해 대륙으로 도망친 마왕의 빈자리에 천왕이 돌아오게 되면서 시작되었다.

천왕의 총공세가 이어지고 마족들은 살기 위해 어떻게든 천족을 피해 도망쳐야 했다.

여기저기서 싸움이 벌어지기고 필사적인 저항을 하긴 했지만 천왕을 주축으로 한 천족들은 파죽지세로 마계를 휩쓸고 다녔고, 은신처로 삼아진 곳과 전투 마족이 아닌 마족들마저 천족들의 철퇴를 피하지 못했다.

그렇게 힘든 나날을 보내면서도 마족들은 결코 마왕을 탓하지 않았다.

"빌어먹을 천족 놈들."

"역시 본성을 숨기고 있던 거였어."

"전투 능력이 없는 마족들마저 학살하고 유린하다니. 용서할 수 없다."

그들은 전투 민족이다. 그리고 동시에 마족이라는 공동체 의식이 강하다.

한 번의 패배를 영원한 패배라고 생각하는 것도 아니고, 마왕이 돌아오면 언젠가 복수할 수 있으리란 희망도 있다. 이것이 수만, 수십만 년 동안 마족들을 있게 해 온 원동력이었다.

해서 마족들은 숨을 죽이고 기다렸다. 언젠가 기회는 분명히 온다.

그런 그들에게, 오래 걸리지 않아 기회가 왔다.

그들의 몸을 빨아들이는 흑마력의 폭풍.

마계 전체에서 벌어지는 기이한 일들에 마족들은 의심하지 않았다.

"마왕님!"

차원을 뛰어넘는 흑마력. 그것의 원천은 하나밖에 없다고 생각했으니까.

마족들이 하나둘 몸을 흑마력에 내던지기 시작했다.

4

정말 많은 고민을 했다.

10만 골드. 분명 많은 양이지만 이미 그전에 더 많은 골드를 홍청망청 써본 경험이 있기에 더 그랬다. 물론 그랬기에 더 빠른 결정을 내릴 수 있었던 것이고.

고기도 먹어본 놈이 더 잘 뜯고 도둑질도 해본 놈이 잘한다고 직접 골드를 내고 메테오도 써 봤고 대규모 광역기 또한 써 봤기에 견적이 잡혔다.

'이건 메테오로는 답도 없겠다.'

머릿수가 워낙 많다. 대충 보는 것만으로도 하늘에서 떨어지는 유성이 저 많은 인간을 다 잡아먹을 수 있으리란 생각이 들지 않는다.

게다가 한시민은 보좌관에게 영지를 지켜달라는 부탁을 받았다.

이미 메테오 같은 광역기가 자신을 소환한 인간에게 피해를 주지 않는 개뿔 같은 능력이 없다는 걸 확인한 바 있기 때문에 여기서 메테오를 소환한다면 그건 그냥 눈에 보이는 개미들과 함께 장렬히 산화하겠다는 결정밖에 되지 않는다.

그로 인해 전쟁은 끝나긴 하겠지.

리치 영지의 몰락과 함께.

전쟁을 일으킨 장본인들은 리치 영지를 먹지 못한 것에 입맛을 다시며 아쉬워하겠지만 평범한 대륙의 사람들은 악을 물리쳤다며 손뼉 치며 좋아할 것이고, 가장 좋아할 자는 천왕이 될 테다.

그런 상황을 만들 순 없다.

해서 광역기 대신 소환 마법을 선택했다. 엄밀히 말하면 마법이라기보다 마법진이지만.

"에피아, 통제되겠어?"

"잘 모르겠는데. 태어나서 지금까지 힘이 봉인된 채 마족들을 통제해 본 적이 없어."

"……그래도 마왕인데 보복이 두려워 듣지 않을까?"

"마족들이 그런 걸 두려워했다면 마족이 될 수 없었겠지."

"그래?"

"응, 아마 내가 힘이 약해졌다는 걸 알면 인간들보다 날 먼저 죽이려고 달려들지나 않으면 다행일 것 같은데."

"……."

설마 마족의 운명이 달린 상황에서 그렇게까지 할까 싶다가도 잠시 마족의 입장에서 생각해 보니 그럴 수도 있겠다는 생각이 든다.

만약 마족이라면, 죽어도 나중에 다시 살아날 수 있다는 조건을 갖고 있다면, 죽음을 무릅쓰고 인간들과 싸우기보다 힘 잃은 마왕의 목을 따고 본인이 마왕이 되어 훗날을 도모하는 편이 훨씬 쉬울 테니까.

게다가 여긴 마계도 아니고 대륙이지 않은가. 마계의 존폐 문제가 달린 것 같긴 하지만 모든 마족이 마계를 위한다고만 볼 수도 없고.

그런 큰 문제가 존재하다니.

하나 이미 열린 문은 되돌릴 수가 없다. 하늘에 열린 거대한 문과 그곳에서 쏟아져 내리는 마족들.

밖에 보이는 개미들의 표정에 경악이 서리는 걸 보니 마음의 불안함이 조금이나마 씻겨 내려가는 것 같다.

"쌤통이다. 내가 죽는 한이 있어도 혼자는 못 죽지."

통제되지 않는 건 메테오나 마족들이나 마찬가지다. 그렇다면 더 좋은 건 한 방에 많은 수의 적을 데리고 가는 메테오보다는 죽을 때까지 인간들을 죽이기 위해 싸우는 대량의 마족이다.

하늘에서 떨어진 수만의 마족과 인간들이 마주했다.

다행히 마족들의 날개와 뿔은 멀쩡했다.

묘한 침묵이 흘렀다.

그 가운데 에피아는 나서지 않았다.

마족들은 상황을 파악하기 위해 침묵 속에서 빠르게 주변을 훑었다.

그들의 시야에 마왕은 들어오지 않았다. 대신 그들을 향한 엄청난 살기를 느꼈다.

그들을 둘러싸고 있는 수많은 인간이 뿜어내는 살기는 원래부터 그들을 향하고 있던 건 아니었지만 어쨌든 지금은 그들을 향하고 있다.

그게 의미하는 바는 하나다.

"인간들……."

"마왕님께서 인간들에게 공격받고 있었다."

"감히……!"

"마왕님은 어디 있지?"

전쟁!

천계의 천족들에게 시달리던 마족들의 분노가 폭발하기 일보 직전이었다는 점을 한시민은 모르지만 타이밍이 정확하게 맞아떨어졌다.

힘의 일부만 제약된 채 멀쩡히 살아 있는 상태의 마족들에게 인간은 결코 두려움의 대상이 아니었다.

전장에 흑마력이 휘몰아치기 시작했다.

"그런데 마왕님은 어디 계시지?"

"흑마력이 느껴지지 않는데."

"지금 그게 중요하냐. 천족들도 우리를 우습게 보니 저 빌어먹을 인간들이 마왕님마저 공격하는 거 아냐. 본때를 보여줘야 한다."

"아니, 그래도 마왕님께서 저런 미친한 인간들에게 당하셨을 리 없잖아. 위험하셔서 우리를 부르셨을 리도 없고. 그런데 흑마력이 느껴지지 않는……."

"와아아아!"

마족들 사이에서 제기되는 바람직한 의문은 흑마력을 느끼고 전쟁 의지를 불태우는 인간들의 함성과 함께 묻혔다.

뭐가 중요하겠는가.

적어도 지금 마족들에게 닥친 현 상황은 이거였다.

"역시 마왕님, 우리가 위험에 빠진 걸 알고 이 틈을 이용해 대륙을 정복하시려는 계획이시군요! 마왕님! 사랑합니다!"

어딘가에서 마왕이 보고 있다.

그리고 그 마왕은 적어도 역대 부임한 마왕 중 가장 강력하고 악독하고 잔인하다.

마족들이 인간들을 향해 달려나갔다.

그 뒤를 한시민이 은밀하게 따랐다.

5

레이드를 진행하던 켄지가 소식을 들었다.

압도적인 신성력을 바탕으로 몬스터를 요리하던 그의 동작이 일순 멈췄다.

평소답지 않게 들은 바를 되묻기까지 한 그가 제대로 들은 것이 맞다는 확신을 갖자마자 호탕하게 웃었다.

“하하하하! 역시.”

웃음은 인정의 웃음이었다. 비록 전쟁에 참여하지 않았지만 내심 기대하고 있었으니까.

과연 어떤 수로 빠져나갈 것인가.

모든 수를 계산해 보았을 때 이번 대륙의 전쟁은 도저히 한시민이 이길 방법이 없는 외통수였다.

애당초 켄지가 한시민 다음으로 대륙이 아닌 천계에 넘어갔고, 거기서 마왕과 손만 잡고 온 한시민과 달리 켄지는 직접 천왕의 힘을 받아 교황으로 전직했다는 변수를 한시민은 알 수 없었을 테니 당연한 결과였을지도 모른다.

그래서 어차피 이길 거 굳이 직접 참여하지 않고 그 시간에 조금이라도 더 스펙 업을 하기로 마음먹었던 것.

하나 절대 불가능이라 여겼던 상황이 살짝 달라졌다.

단 하나의 카드로.

어쩌면 한시민의 입장에선 처음이자 마지막 카드일 수도 있지만 0%이었던 확률을 0.1%라도 만들어낸 것에 박수를 친 것이다.

이는 대단한 재능일 수밖에 없다. 정말이지 보면 볼수록 스카웃하고 싶다.

"아이디어만 받는 조건으로 스카웃하면 얼추 될 것 같기도 하네."

켄지는 이제 한시민의 습성을 어느 정도 파악했다.

고민을 그만두고 남은 레이드를 깔끔하게 정리한 뒤 바닥에 앉아 영상을 계속해서 시청했다.

그냥 켜두기만 하고 뻔한 결말을 눈으로 확인하는 용도로만 보려고, 한시민의 절망적인 표정을 지켜보며 희열을 느끼기 위해 50만 원이라는 돈을 투자한 것이었지만 이제는 그 투자의 의미가 그의 흥미를 채우는 쪽으로 바뀌게 되었다.

분명한 건 한시민은 경쟁자라는 것.

어쩌면 향후 수년의 판타스틱 월드 흐름을 이끌어 나갈 주인공이 결정되는 에피소드가 진행되고 있는 것일지도 모른다.

그걸 생각해 보면 레이드가 끝난 시점에서 바닥에 앉아 영상으로 구경만 하고 있을 게 아니라 조금이라도 그를 방해해 성장을 멈추게 하고 게임을 플레이할 수 없게 수를 쓰는 게 맞다.

하나 그러지 않았다.

지금까지 그래왔듯 1년 넘게 한시민을 봐 온 켄지는 처음으로 여유를 갖고 팬의 마음으로 지켜볼 수 있었으니까.

"마족이라. 스펙 업을 더 해야겠는데요?"

쏟아지는 마족과 그 탓에 끝도 없이 몰려오는 인간들의 파도가 주춤하는 걸 보면서도 켄지는 웃고 있었다.

그는 알고 있었다.

한시민의 선택은 분명 없던 가능성을 만들어냈지만, 그로 인해 더 큰 파도를 불러들이게 되었다는 것을.

흑마법사 이후 대륙이 최대로 단합되었다. 아니, 단합할 수밖에 없다.

추측이 사실이 된 순간 대륙의 인간들은 자신들끼리 싸울 의미를 잃었으니까.

모두 힘을 합쳐야 한다. 대륙이 건재해야 자기들끼리 영역 싸움이든 왕국 영토를 늘리든 할 수 있다.

리치 영지로 향했던 수백만의 군대의 뒤를 이어 또 수백만의 군대가 출정 준비를 했다.

이번엔 누구 하나 반대하거나 쉬쉬하지 않았다. 빼도 박도 못할 증거가 나왔다. 황실도 더 이상 방관으로만 태도를 유지하지 않았으며 대신전이야 이미 한시민을 잡기 위해 총력을 투자하고 있었기에.

"대륙을 농간한 모험가를 처단하자!"

"와아아!"

"마왕을 이용해 대륙을 어둠에 물들이려는 악마를 쫓아내자!"

수백만이 움직이는 건 하루하루의 식량부터가 문제다. 하지만 수백만이 리치 영지를 향하는 데는 그리 오랜 시간이 걸리지 않았다. 황제가 직접 전쟁을 이끌었기 때문이다.

선두에 나서 말을 모는 황제의 표정은 좋지 않았다.

'……'

아무리 마음에 들지 않아도 사위다.

공주는 일주일째 성에 틀어박혀 나올 생각도 하지 않았고 심지어 식음을 전폐한 지도 벌써 3일이 넘어가는 시점이었다. 황제가 직접 무장한 채 빠르게 병력을 이끌고 나서는 이유다.

게다가 많은 걸 고민할 필요가 없는 상황이기도 하다.

이미 리치 영지에 도착한 수백만 군대만 해도 자신의 이익을 위해 간 놈들이다. 후발 주자를 위해 무언가를 남겨두었을 리가 없다.

설령 그곳에 마계의 게이트가 열리고 거기서 마족이 쏟아져 내리고 있다 한들 돈을 위해서라면 없던 드래곤의 하트도 만들어다가 파는 게 인간이다.

그런 그들에게 눈앞에 보이는 수만의 마족?

당연히 강하다. 하나 그들의 뒤에는 수백만의 동료가 있다. 그냥 일반 병사들만 있는 것도 아니다. 기사들과 바드, 마법사, 그리고 성직자까지 가지각색이다.

희망이 생기고 용기가 샘솟는다.

평소 같으면 인간을 산 채로 잡아 뜯어 먹는 마족들이 몰려오면 오줌을 지리며 바닥에 주저앉았을 병사들은 약이라도 한 듯 함성을 내지르며 진격했다.

역사에 길이 남을 전쟁의 시작이었다.

"지금부터 우리는 리치 영지를 잊는다."

"……?"

"……?"

"오빠?"

리치 영지의 비밀 통로를 통해 눈에 띄지 않는 은밀한 숲에 나타난 한시민이 주위의 눈치를 보며 결연하면서도 나직한 목소리로 선언했다.

그와 함께 모여 있는 파티원들의 눈동자가 흔들렸다.

한시민의 펫들이야 고개를 끄덕였지만 정상적으로 사고할 줄 아는 사람이라면 앞뒤가 다른 말에 이해가 안 되는 게 당연한 일.

혼란스러워하는 파티원들의 반응에도 한시민은 망설임 없

이 자신의 지조를 내보였다.

"최고의 방어는 뭐다?"

"갑자기 그건 왜……."

"뭐다?"

"……공격?"

"올. 영 빡대가리는 아니었네."

"우 씨. 오빠, 지금 농담할 때야? 리치 영지 안 지킬 거야?"

이미 보좌관과 영지를 지키는 조건으로 10만 골드를 가지고 왔다. 다 써버렸고.

현금으로 따지면 150억 원이나 되는 돈을 한 번에 소탕한 것이나 다름없는데 적어도 약속을 지키는 척은 해야 할 게 아닌가.

한시민이 약속을 안 지킨다는 건 그를 지켜봐 온 셋에겐 그리 낯선 상황은 아니었지만.

그래도 이런 식으로?

뭐, 막는다고 막아질 병력도 아니긴 하다.

마족들에게 일방적인 학살을 당하고 있으면서도 그 사이에서 영지 근처로 다가오는 것을 보니 병력의 수가 많긴 했다. 만약 15강 한 마법진이 아니었다면 성벽은 밀려드는 사람의 홍수에 진작에 무너졌을 것이다.

그러다 보니 애매한 것도 사실.

의문을 가지면서도 강예슬을 비롯한 스페셜리스트는 이미 한시민의 오더를 따르고 있었다. 그들 또한 켄지와 마찬가지로 궁금했으니까.

이 난관을 어찌 해결해 나갈까.

'한잘알'의 입장에서 파헤쳐 본다면 가장 간단한 방법은 하나다.

"그럼 그냥 튈 거야?"

"아니."

현실을 직시하고 손해를 최소화하는 것.

보좌관과의 약속을 저버리고 도망치면 그만이긴 하다. 추격이 끊이지 않을 테지만 되지도 않는 싸움에 시간을 낭비하지 않아도 된다.

무엇보다 현재 한시민이 가지고 있는 스펙이면 어지간한 추격대 정도는 우습게 밟고 넘어갈 수도 있다.

하나 한시민은 고개를 저었다.

그의 입에서 나오는 말은 1년 반을 한시민과 함께한 스페셜리스트마저 깜짝 놀랄 만한 발언이었다.

"다 발라야죠."

"……?"

"바쁜 사람들 모아놨으니 뭐라도 건져야죠."

밑도 끝도 없는 자신감!

저 멀리, 끝이 없어 보이던 인간의 행렬을 보며 현실을 자각한 스페셜리스트는 한시민을 한심하다는 듯 바라볼 수밖에 없었다.

"저 많은 사람을 다 잡는다고?"

예전처럼 잡는 게 불가능한 고위 NPC가 있는 건 분명 아니긴 하다. 하지만 전쟁과 전투를 괜히 구분하는 게 아니다. 숫자 앞에 장사 없다.

그럼에도 한시민의 뜻은 꺾이지 않았다.

그의 한 걸음, 한 걸음을 펫들이 따랐다.

거리가 좁혀질수록, 숲을 벗어날 때가 올수록 걸음은 더 빨라졌다.

이윽고 숲을 벗어날 때가 되었을 때.

"사장님!"

엄중한 분위기를 깨는 활기찬 야생의 목소리가 한시민 파티를 덮쳤다.

6

노다지는 정말 오랫동안 잊힌 채 살아왔다.

분명 처음엔 일반적으로 구하기 힘든 옵션이 붙은 꿀 아이템을 구해오는 유저로서 스페셜리스트에 영입이 될 정도로 나름 주목을 받았다.

하지만 한시민이 바빠지고 노다지가 본격적으로 도굴꾼으로 나아가기 시작한 이래 서로 연락할 시간도 없었거니와, 서로 자신의 일에 한 번 빠지면 끝도 없이 파고드는 성격이었기에 몇 달이 지난 지금에야 어떻게 만나게 되었다.

서운하다는 생각은 하지 않았다.

한시민은 약속대로 고정적인 수익을 계좌로 넣어 주었고 그로 인해 굳이 매번 희귀한 아이템들을 캐서 기약 없는 한시민의 연락을 기다릴 필요도 없었다.

게다가 흥미를 조금씩 느끼기 시작한 도굴꾼을 개발하기 위한 여행을 떠날 수 있었으니까.

원래 삶이 심마니였기 때문에 대륙을 돌아다니는 데 큰 어려움도 없었고 현실에서 하던 일이 아닌 정말 순수하게 게임을 즐길 수 있다는 요소는 무덤을 파는 데 더 힘을 실어주었다.

거기에 스페셜 등급의 도굴꾼 직업까지.

무엇보다 노다지는 시대를 정말 잘 탔다.

무덤을 파는 건 여간 힘든 일이 아니다. 아무리 게임이라지만 판타스틱 월드는 하나의 세상이고 대부분의 무덤에는 주인이 있다.

그 무덤을 매번 지키진 않지만 대개 무덤이 있는 곳은 공동

묘지였고 방치된 무덤이 있는 곳엔 몬스터들이 존재했다.

무덤 파는 거야 삽만 있으면 가능하지만 몬스터의 눈에 띄지 않고 혹은 몬스터를 처치하고 무덤을 파려면 적당한 레벨과 스텟이 필요했다.

도굴꾼 노다지의 모험은 거기서부터 시작이었다.

힘든 길이 펼쳐져 있었지만 흑마법사들이 판을 치고 마왕이 나오는 세상에서 운 좋게도 숨어 들어가는 흑마법사들의 틈에 껴서 초반 성장에 꿀을 빨 수 있었다.

정말 별거 없는 단 한 줄의 기연.

그게 운빨 망겜을 외치는 현 판타스틱 월드 유저들의 마음을 고스란히 대변해 주듯 노다지 또한 그 혜택을 고스란히 받은 극소수의 유저 중 하나로 발돋움하게 해주었다.

또한 마족도 아니고 흑마법사라 별다른 제약도 없었다. 그저 그들의 신변을 숨겨주기 위한 도움을 주고 성장에 도움을 조금 받았을 뿐.

그 뒤론 탄탄대로였다. 무덤은 캘수록 스페셜 등급의 효능이 늘었고, 레벨이 오르고 직업의 효과가 증가할수록 더 좋은 아이템들이 등장했다.

그러다 만난 것이다. 이렇게 중요한 순간에.

"사장님, 정말 감사합니다."

노다지는 고개부터 숙였다. 그보다 나이가 어리든 말든 상관이 없다. 게임을 즐기는 동안 그를 가정을 열심히 먹여 살리는 가장으로 만들어주었으니.

감사의 인사를 먼저 올리고 그동안 모아왔던 알짜배기들을 털어놓았다.

마법의 배낭에서는 정말 한시민에게 필요할 것만 같은, 좋아할 것만 같은 아이템이 쏟아져 나왔다.

한시민은 눈을 반짝이며 자연스레 물건들에 손을 가져갔다. 하지만 그 손은 뜻을 이루지 못했다.

노다지가 웃음 가득한 얼굴로 손을 막아서며 말했다.

"사장님."

7

정말 많은 물건이 튀어나왔다.

"뭐가 이렇게 많아요?"

"사장님, 몇 달 동안 대륙 한 바퀴 돌았습니다."

"……."

인간이냐.

목구멍 끝까지 올라온 말은 한시민의 입 밖으로 튀어나가지 않았다. 연장자에 대한 예우라기보단 그 열정에 칭찬을 해줘 마땅한 상황이기 때문이다.

"정말 별의별 아이템이 다 있네요."

"사장님의 취향을 최대한 고려해서 고르고 골랐습니다."

"그러고 보니 그렇네요. 다 제가 살 만한 것들이네."

한시민이 이렇게 산더미처럼 수두룩하게 쌓여 있는 아이템의 옵션을 하나하나 확인하고 있다는 자체만으로 노다지의 눈이 정확하다는 것을 의미한다.

한시민은 그런 부분을 높게 산다.

돈을 위해서 노력하는 모습!

단칸 원룸에서 하루에 한 끼, 그것도 라면만 먹어가면서 인생 역전을 위해, 동전 하나라도 벌기 위해 사장님들에게 굽신거리던 그때의 그가 보여주지 못했던 모습이기 때문일까.

고개를 끄덕이며 과감하게 물건을 골랐다. 하나씩 뒤로 던지면 대기하고 있던 토끼들이 받아 그들의 주머니에 넣었다.

쌓인 아이템 중 대부분이 한시민의 선택을 받았다. 선택을 마친 한시민이 자애로운 미소를 지었다.

그닥지 않은 과소비!

"어때요, 많이 샀죠?"

"……감사합니다."

노다지는 이렇게까지 많이 팔릴 줄은 생각도 못 했는지 얼떨떨한 표정으로 고개를 끄덕였다.

나름 한시민에게 배짱을 부릴 정도로 성장했지만, 아직 그에겐 더 나아갈 용기까진 없었다.

이게 가져본 자와 아닌 자의 차이!

만져본 적도 없는 큰돈을 한꺼번에 만질 생각에 침이 절로 넘어간다. 그러면서도 노다지는 얼른 계산을 마무리했다.

머릿속으로 계산하고 말을 꺼내려니 입이 바짝바짝 말랐다.

이걸 말해도 될까.

분명 몇 달 동안 잠도 안 자면서 대륙을 돌고 몇 번씩이나 죽어가며 수집해 온 아이템들이기에 그만큼의 가치는 꼭 받아야겠다고 수십, 수백 번은 다짐하고 결정한 가격이지만, 내뱉기엔 너무나도 큰 가격이었다.

을의 어쩔 수 없는 상황은 아니고, 만져보지 못한 돈에 대한 두려움이랄까.

흥분과 기대, 걱정이 섞인 표정을 한시민이 보았다.

"가격은 문자로 찍어주세요. 지금 좀 바쁘니까 나중에 입금해 드릴게요."

"아, 예!"

떼먹을 이유도 없고 생각도 없다.

언제나 돈은 아끼면 좋다는 주의지만, 정당히 지불해야 할 돈까지 후려친다면 그건 비즈니스 관계가 아니라 신뢰가 유지될 수 없는 관계로 변질될 테니까.

그로 인해 이익이 남는다면야 못 할 건 아니지만 그렇게 갔을 때 손해를 보는 건 한시민이다.

그가 가진 100% 강화 능력, 그걸로 인해 켄지가 그에게 가진 악감정을 뒤로 미루고 많은 돈을 주고받은 건 어디까지나 그의 능력이 게임에 단 하나뿐이기 때문이었다.

노다지도 마찬가지다. 굳이 한시민이 아니어도 특수한 옵션이 붙은 아이템을 구매할 사람은 대륙에 많고 많다.

특히 무덤에 있는 아이템에는 레이드를 통해 몬스터에게서 드롭되는 아이템에선 볼 수 없는 희귀한 옵션들이 붙어 있다.

강화해서 기존의 아이템 가격을 몇 배 불려 파는 한시민에겐 켄지와의 관계에서 켄지가 되는 거랄까.

"감사합니다, 사장님."

"감사는요. 덕분에 도박해 볼 가능성이 생겼는데요."

숲을 나서는 한시민의 발걸음은 전보다 가벼웠다.

마족들은 인간들 따위에게 죽는다는 생각을 하지 않는다. 아니, 무조건 이긴다고 생각하고 있다.

반면 인간들은 일단 인간보다 덩치가 크고 생김새가 이상한 마족들에게 경계심을 갖는다. 생김새가 이상한 것을 넘어 그들에겐 뿔도 달렸고 날개도 달려 있다.

무엇보다 마족들에 대한 이야기를 단 한 번도 들어보지 못한 사람은 없다.

산 채로 인간을 잡아먹는 괴물.

심심하면 인간을 갈기갈기 찢어버린다는 잔인한 종족.

들은 것만으로도 선입견이 생기게 마련인데 직접 보는 마족들은 정말 그럴 것처럼 생겼고, 그럴 것 같은 기세를 내보였으며 실제로 그런 모습을 수백만 명 앞에서 보여줬다.

그런 마인드는 일단 서로 간의 힘 차이를 제쳐놓고도 엄청난 차이를 가져온다.

주눅이 들고 그건 곧 사기가 저하된다. 아무리 사람이 많다고 해도 이길 수 있을까에 대한 생각이 든다. 그게 정상이다.

하지만 지금 전쟁의 분위기는 정상이 아니었다.

"와아아!"

"마족 하나를 죽였다!"

"우와아아아!"

"이길 수 있다!"

아니, 정확히 말하자면 인간들이 마족에게 일방적인 학살을 당하고 난 뒤부터 바뀌었다.

용기와 희망을 갖고 달려들던 사람들이 조금씩 주춤주춤 물러서기 시작했을 때 들려온 비명. 그게 사람들을 비정상으로 만들었다.

영원히 죽일 수 없을 것 같던 마족이 쓰러졌다. 그건 죽음의 고비 앞에서 이길 수 있다는, 살아남을 수 있다는 답이었으니까.

그 뒤론 접전이 이어졌다.

마족 한 마리가 죽었어도 그건 어디까지나 사고였을 뿐이다. 마족들은 여전히 강했고 수만 명의 인간이 학살당하는 데엔 긴 시간이 필요하지 않았다.

그럼에도 인간들은 물러서지 않았다. 사방에서 날아드는 인간들의 공격에 마족들은 하나둘 조금씩 쓰러지기 시작했다.

누가 더 좋고말고 할 게 없이 팽팽했다.

하지만 이런 식의 소모전이 계속된다면 최종적으로는 마족이 패배할 수밖에 없다.

이 많은 인파 속에서 그것을 계산하고 있는 사람은 없었지만, 전장의 분위기를 몸으로 느끼는 병사들은 더 큰 환호를 내지르며 흥분을 가라앉힐 생각을 하지 않은 채 무기를 휘둘렀다.

그 사이로 한시민이 파고들었다.

사이를 파고드는 그의 몸에 그를 상징하는 진홍빛 오라는 없었다.

초라하고 단출하기 그지없는 복장.

예전의 초보자 복장만큼은 아니지만 피가 튀는 전장에서, 생존율을 조금이라도 높여보겠다고 좋은 방어구를 착용한 사람들 사이에선 시선이 가지 않는 복장이었다.

게다가 대부분의 시선은 사람보단 그들 사이에서 자신의 강함을 마구잡이로 뽐내고 있는 마족에게 향해 있다.

한시민에게 쓸 신경이 없다는 뜻.

한시민은 그런 허점을 사정없이 찔러 넣었다.

"윽! 뭐야!"

"커헉!"

휘둘러지는 망치에 쓰러지는 사람들.

무슨 일인지 시선을 돌리던 병사들 또한 그 대상에서 벗어날 수 없었다.

"뭐, 뭐야!"

"왜 저래!"

"미친 거 아니야?"

마족만으로도 벅찬 상황이다.

아예 마족의 전투 범위 밖이었다면 놀고 있는 병력이 배신자를 처리하면 될 일이었지만, 한시민은 묘하게 마족의 전투 범위 내에서 사람들을 죽이고 있었기에 어떻게 할 방도가 없다.

병력을 그리로 빼면 마족을 상대하는 쪽의 수가 줄어든다. 겨우 막으면서도 희생이 나오는 상황인데 그렇게 되면 균형이 무너지게 될 것이다.

그래도 어쩌겠나. 여긴 전쟁터고 모두가 흥분한 상태다. 아군과 적군만이 존재하는 곳에서 아군을 공격하는 자는 마족이든 인간이든 천족이든 다 적이다.

"와아아!"

"저 새끼도 죽여!"

"변절자다!"

"흑마법사일지도 몰라!"

애초에 마족들에게 달려드는 것부터 목숨을 걸고 달려드는 것이다. 잠깐 망설인 건 어째서 이런 시국에 인간이 인간을 죽이는 것인지 잠시 이해되지 않아서였을 뿐.

사람들이 한시민을 향해 달려들었다.

한시민은 피하지 않았다.

평소였으면 도망치면서 얍삽하게 한 명씩 처리했을 것이다. 하지만 지금은 아니다.

지금은 풀 도핑 상태니까. 무려 1년 반 동안, 판타스틱 월드를 플레이하며 단 한 번도 갖춰 보지 않았던 풀 도핑 상태.

이날만을 위해 열심히 돌아다니고 몬스터들을 테이밍했다. 우여곡절도 많았다.

새삼 그런 기억이 스쳐 지나간다.

메인 퀘스트 보스 몬스터를 테이밍하기도 하고, 또 어쩌다

들어가게 된 황제의 창고에서 구해 온 알에서는 드래곤이 태어났다.

어찌 보면 꽤 운이 좋은 편이었다고 생각할 만큼 많은 운이 따라 주었다.

첫 번째는 가장 최근에 한시민이 주워 온 행운이자 가장 애지중지 아끼는 보석.

"오빠! 화이팅!"

길드 대화로 거리를 둔 채 숨어 있는 한여리의 목소리가 들려왔다. 아직 레벨이 높지는 않지만 전쟁에서 그에게 도움이 되는 버프를 걸어줄 만큼은 충분히 올렸다.

몸이 한결 가벼워진다.

몇몇 스텟은 한계에 막혀 있지만 레전드리 등급의 버프는 그마저도 뚫고 스텟을 올려주기에 더더욱 가치가 있다.

너도나도 망치 앞에 평등한 죽창 망치가 한결 가볍게 느껴진다. 한 번 휘두르면 20명은 가뿐히 죽일 수 있을 것만 같다.

거기에 더해진다.

"꾸엉!"

오랜만에 듣는 울음소리.

들으면 왠지 괴롭히고 싶은 수달이의 음성.

['룬: 지진의 메아리'효과를 300초 동안 적용받습니다.]

[공격 시 반경 10m 내외에 모든 적이 피해를 입습니다.]

['룬: 천벌의 망치' 효과를 300초 동안 적용받습니다.]

[지속시간 동안 공격력이 100% 상승합니다.]

[두 가지의 룬이 융합되어 '특수 룬: 폭발 주의' 효과를 적용받습니다.]

더해지는 최상의 룬 효과.

이보다 행운이 따라줄 수는 없다.

피만 덕지덕지 묻어 있어 초라하기 그지없는 한시민의 몸에서 광채가 나기 시작했다.

두 개의 룬 효과. 융합되는 시너지.

그것이 주체하지 못하고 줄기줄기 새어 나온다.

그걸 확인한 한시민이 한 치의 망설임도 없이 망치를 휘둘렀다.

콰콰콰콰쾅!

그동안 숨겨온 건 아니지만, 뜸해 잊혀졌던 한시민이 가진 능력들이 만천하에 여실 없이 공개되었다.

사람들의, 아니, 마족들의 시선까지 이쪽으로 집중되었다.

집중된 순간, 한시민의 수족이 움직였다.

"으악!"

"뭐야!"

혼란의 정점과 함께 다시금 전장이 시끌벅적해졌다.

숲을 나서는 순간부터 시청자들의 채팅은 평소보다 여덟 배는 빨라졌다.

-저거 뭐 하는 거냐.

-또 무슨 수작 부리려고.

-드디어 시민이 진짜 힘을 보는 건가?

-ㅋㅋㅋㅋㅋㅋㅋㅋㅋㅋㅋ 무슨 진짜 힘이냐. 기껏해야 템빨로 밀어붙이는 게 전부인 애인데. 이번에도 뭐 핵폭탄이나 그런 느낌으로 꿀 빨려 하는 거겠지.

-시알못이네, 위에 놈. 방송 처음부터 봤으면 다 안다. 근 일 년은 스펙 업보단 돈 벌러 다녀서 이 새끼가 강화사인지 사기꾼인지 헷갈리긴 했지. 근데 초반엔 진짜 미친 듯이 강화하고 영지도 업그레이드하면서 수달이도 만나고 토끼들도 테이밍하고 드래곤도 구하고 재미있었는데. 하. 지금도 흥미진진하긴 하지만 예전 모습도 보고 싶다.

-염병을 떠네. 언제 적 얘기냐ㅋㅋ 처음 꿀 빨던 애들 켄지 제외하고 살아남은 애들 몇 없는데. 거기다 얜 생산계 직업인데 무슨 전

쟁터에서 쓸어버린다, 만다 얘기하고 있네. 진짜 시민이 그런 모습 보이면 이 방에 1억 쏜다.

늘 그렇듯 이어지는 분쟁. 그리고 언제나 그렇듯 채팅 대신 방송으로 보여주는 한시민.

빠르던 채팅이 일순 멈췄다.

멈출 수밖에 없는 긴박한 순간의 연속이었다.

300초.

그 화려한 룬 뽕의 시간이 끝났을 때.

-1억 쏜다는 새끼 어디 갔냐.

1억을 쏜다는 유저는 말이 없었다.

8

모든 스킬엔 지속 시간과 쿨 타임이 존재하게 마련이다.

패시브가 아닌 이상, 무한히 계속 쓸 수 있는 스킬은 한정되어 있고 게임 밸런스에 지대한 영향을 미칠 것으로 예상되는 스킬일수록 지속 시간은 짧아지고 쿨 타임은 길어진다. 그래야 균형이 지켜지기 때문이다.

그건 비단 게임에서만의 원칙이 아니다. 세상 이치가 그렇다.

'하이 리스크 하이 리턴.'

큰 위력을 가진 스킬은 그만한 공백이 필요하다.

룬 역시 마찬가지다. 룬의 종류마다 다르지만 기본적으로 룬의 효과는 대개 전투에서 상당한 효과를 준다.

룬에 따라 한시민의 직업이 극한의 효율을 내느냐 마느냐 차이는 있겠지만 어쨌든 수달이의 룬은 한시민에게 부족한 광역기의 끝을 제공해 주며, 평소의 그라면 사용할 수 없는 스킬을 쓸 수 있게 해준다. 다만, 대가로 300초 뒤엔 룬의 효과를 누릴 수 없게 될 것이다.

물론 남이 보기엔 하이 리턴은 개뿔이다. 애당초 한시민에게 존재하는 스킬이 아니고 기존 한시민의 힘에 보너스로 추가되는 느낌이니까.

무엇보다 룬의 효과가 없어도 한시민은 강하다.

레벨은 낮지만 스텟은 이미 기존 유저들의 한계를 아득히 뛰어넘은 지 오래며 아이템은 하나같이 구하려고 해도 구할 수 있을까 싶은 것들로 잔뜩 도배하고 있었다. 그리고 그것도 모자라 15강이라는, 말도 안 되는 강화 수치까지 덕지덕지 붙여 놨다.

그런 놈이 휘두르는 망치다.

레벨, 스텟, 모든 걸 무시하고 한 방에 한 놈씩 쓰러뜨리는데, 거기에 룬 효과가 더해진다는 뜻.

뭐 사람들은 언제나 상대적이기에, 룬을 장착한 한시민을 경험하다 룬 지속 시간이 끝난 한시민을 경험하면 그가 한결 약해졌다고 느낄 것이다.

게다가 지금은 사방에 아군뿐인 전장이다.

한 번 휘두를 때마다 수십 명, 많게는 백 단위로 나가떨어지는 능력에 뒤로 물러설 공간조차 없이 빽빽이 들어찬 인파. 죽을 날만 기다리던 병사들에겐 마지막 구원일 수밖에 없다.

"와아아!"

한시민은 순식간에 병사에게 둘러싸여 보이지 않게 되었다.

지켜보던 마족도 황당함을 금치 못했다.

"저 인간은 뭐지?"

"우리 편인가?"

"딱 보니 인간인데 왜?"

"우리 편은 아닌 것 같던데. 적지 않은 피해가 들어왔다. 이건 최소 상급 마족 이상."

"……."

그들의 입장에서도 어느 순간 전장에 합류해 예상치 못한 화력을 뿜어내는 인간에 대해 호기심과 긴장감이 생길 수밖에 없다.

평소였다면 인간끼리 잘 싸우는구나 구경하며 둘 다 어떻게 요리해 죽일까 고민하겠지만, 그들 나름대로는 인간들의 거센 저항과 예상외의 화력에 당황하고 있었으니까.

계산하지 못한 변수는 전투 민족에게 경계해야 할 대상.

그게 마족들이 그들의 공격 범위 내에 들어온 한시민을 비롯한 인간들을 건드리지 않는 이유다.

그들은 현명하다. 전투에 있어선 똑똑해지고 승리를 위해선 영악해진다.

분명 마족들은 강한 힘을 가지고 있다. 그것을 수백만의 적을 둔 상태에서 더 과시하며 뽐낼 생각 대신, 조금이나마 효율적으로 적을 처치한다는 뜻.

물론 모든 마족이 그런 건 아니었다. 전장은 넓었고 마족은 많았으니.

그렇게 마족들이 한 걸음 뒤로 물러서 사태를 관망했다.

"아무리 강한 인간이라 해도 숫자가 너무 많군."

"아까의 그 힘은 단발성인가."

"아무런 반응이 없는 거 보니 그런 것 같군."

"우리로 치면 각성 상태일 가능성도 있겠군."

"일정 시간 동안 수백 배의 힘을 이끌어내는 힘이라니. 이건 마족들도 쉽게 보이지 못하는 것인데."

인파에 휩쓸린 한시민은 마족들의 눈에도 보이지 않았다.

중간중간 인간들이 튕겨져 나오긴 했지만 그건 잠시나마 한시민이 생존해 있다는 신고일 뿐이었고 머지않아 잠잠해질 것이라 판단했다.

하나 그게 잘못된 판단이라는 건 머지않아 밝혀졌다.

20초. 길다면 길지만 이런 전장에선 20년 같은 그 시간이 지난 뒤, 하늘에서 또 한 번 빛이 인파 사이를 뚫고 들어갔다.

그리고 터졌다. 말 그대로 바글바글하던 인파의 중심이 뻥 뚫렸다.

"좋아! 다 뒈졌어!"

온몸이 피와 흙으로 범벅된 한시민이 그 사이에서 나타났다.

노다지에게서 산 아이템은 정말 많았다. 종류도 다양했고 옵션도 다양했다.

개중엔 예전과 마찬가지로 등급만 높지 이걸 어디다 써야 할지 의문인 옵션이 달린 아이템들도 있었지만, 언제나 그렇듯 개똥도 쓰일 데가 있다고 본능이 시키는 물건들은 닥치는 대로 집어놨다.

전부 전쟁에서 쓸 수 있으리란 생각은 하지 않았다. 하나 분명한 건 당장 아주 효과적으로 쓸 수 있는 아이템이 몇 개 있었다는 것이다.

"뀨뀨!"

"뀨뀨뀨!"

전장을 누비고 다니며 허점을 노리고 자신보다 약해 보이는 인간들의 목을 사정없이 물어뜯은 뒤, 그 잠깐의 사이에 비싸 보이는 물건을 강탈해 인파 사이로 숨어드는 토끼들.

그리고 안전한 장소를 찾아 숨어 있는 한여리와 수달이, 토끼 한 마리. 그들에게 주어진 임무는 하나였다.

최우선적으로 목숨을 챙기고 한시민에게 버프 걸 거리를 유지한다. 버프를 사용한 뒤에는 최대한 빠르게 마력을 회복해서 전투 유지력을 늘려 주고 수달이는 룬을 끊임없이 사용한다.

당연한 말이지만 룬을 무한으로 사용할 수는 없다. 한시민에겐 보너스 같은 능력이지만 어쨌든 수달이에겐 쿨타임이라는 게 존재했으니.

한시민 또한 노다지를 만나기 전까진 무한으로 사용할 생각은 조금도 없었다. 쓰고 싶지 않아서가 아니라 방법이 없기 때문이었다.

하나 지금. 방법이 생겼다.

"뀨!"

"꾸어엉?"

전장을 누비는 임무에서 빠진 토끼가 마법 주머니에서 보랏빛 액체가 든 작은 병 하나를 수달이에게 내밀었다.

룬을 쓰고 휴식을 취하고 있던 수달이가 의문스러운 표정으로 받아 들었다.

“뀨뀨!”

그런 수달이에게 토끼가 병을 입으로 밀어 넣었고 수달이는 영문도 모른 채 병 안의 액체를 목구멍으로 넘겼다.

“뭐하는 거니? 얘들아?”

“뀨뀨!”

그 모습을 신기한 듯 지켜보던 한여리가 조심스럽게 물었다. 하지만 토끼는 본 체도 안 하고 수달이의 소화를 돕기 위해 등을 두드렸다.

“저기, 얘들아?”

주인을 닮아 자기보다 조금이라도 지위가 낮아 보이는 사람은 쳐다보지도 않는 지극히 현실적인 토끼! 그게 미녀건 말건 생각하지 않는다.

오빠의 애완토끼에게 개무시당한 한여리가 시무룩해질 틈도 없이 보랏빛 물약을 삼킨 수달이의 몸에서 빛이 터져 나왔다. 그와 함께 수달이가 펄쩍 뛰었다.

“꾸어엉?”

유저처럼 눈앞에 홀로그램을 보진 못한다. 하나 느낄 순 있었다. 수달이도 한 때는 메인 퀘스트의 한 축을 담당하는 보스 몬스터였으니까. 비록 전투 능력은 부족하지만 나름 레벨도 높다.

그런 수달이가 자신의 몸을 확인했다. 신체적인 변화가 일어나진 않았다. 대신 지금 상황에 더 필요한 능력이 추가되었다. 아니, 추가되었다기보다 도핑이 되었다고 하는 게 맞을 것이다.

"꾸어엉!"

룬의 발동.

쿨타임에 걸려 빛을 잃고 있던 수달이의 보석이 어느새 빛을 되찾았다.

그와 함께 또 한 번 발동되었다.

'쿨타임 초기화의 물약.'

노다지가 구해온 단 10개뿐인 초 희귀 아이템. 등급도 무려 스페셜이다.

그마저도 작은 병으로 나눠 담아 10개지 정말 목숨을 걸고 10번 이상 죽고 나서야 겨우 판 무덤에서 운 좋게 구해온 진국 중의 진국이다.

진국인 만큼 효과는 확실했다. 1분 1초를 다투는 이 전장은 쿨타임을 기다리는 것보다 한시민이 언제 죽나 재는 게 더 빠를 정도로 예측할 수 없는 곳이니까.

또 한 번 화려한 폭발이 줄을 이었다.

"야! 이겼다! 시부레! 열 번 안에 다 조진다!"

자신감이 넘치는 한시민의 외침이 전장을 울렸다.

그 뒤를 경험치 페널티를 극복하고 정말 오랜만에 레벨 업을 하는 기쁨까지 더해졌다.

"오빠! 나도 업 많이 한다! 헤헤!"

"……."

물론 그 기쁨은 레벨 업에 특화된, 뒤에서 버프만 주면서 꿀 빠는 버퍼의 찬물에 금세 깨져 버리고 말았지만.

9

누구나 꿈이 평생 갔으면 하는 바람을 갖고 산다. 꿈에선 뭐든지 할 수 있기 때문이다.

당장 통장에 잔고 한 푼 없어 먹고 죽으려 해도 죽을 수도 없는 사람도 꿈에선 켄지가 되어 63빌딩 꼭대기에서 5만 원권 2만 장을 뿌리며 희열을 느낄 수 있고, 발컨이라 프로게이머는 커녕 게임 튜토리얼조차 쉽사리 깨지 못하는 사람도 꿈에선 누구나 스펙의 차이를 개의치 않고 홀로 수만 적을 물리칠 수 있다.

그게 꿈의 위력이다. 할 수 없는 걸 경험해 볼 수 있는 곳.

한시민에게 있어 지금 이 전장은 곧 꿈이었다. 판타스틱 월드를 플레이하며 1년 넘게 그토록 바라고 바랐던 광역기. 강화사와 테이머라는 직업을 얻게 되어 멀리서만 바라보았던, 꿈에서나 그리던 그림을 여기서 무려 1시간 넘게 그리고 있었으니까.

그사이에 폭발의 룬이 뜨지 않는 경우도 있었지만 이미 어떤 룬이 등장하든 지금 그의 스펙에서 밀리는 상황이 나오지는 않았기에, 정말 전장의 지배자라는 칭호를 붙여도 이상하지 않을 만큼 엄청난 활약을 보였다.

과장을 조금도 보태지 않고 최소 10만 단위의 적을 1시간 안에 죽였다. 적이라고 표현해도 될지 모르겠지만 어쨌든.

이 꿈을 한시민은 평생 이어가고 싶었다. 이런 식이라면 정말 잠도 안 자고 두 달 내내 게임만 하며 대륙을 평정할 수 있을 것만 같았다.

하나 꿈이라는 건 결국 끝이 있다. 평생 잠에 들어 저 세상에 가지 않는 한 깨야 한다.

"……."

다 잘 먹고 잘살기 위해 돈을 버는 한시민이 평생 잘 리가 없으니 당연히 꿈에서 깨어났다.

더 이상 룬의 효과가 이어서 적용되지 않는다는 건 단 하나의 결과만을 도출해낸다.

"벌써 끝이야?"

1분이 1년 같은 전장이지만 휩쓸고 다닐 땐 50분이 5초 같았다. 오랜만에 현실 같은 판월이 아닌 게임 같은 판타스틱 월드를 즐겼다. 꽤 짙은 아쉬움이 온몸을 감싼다.

조금만 더.

투정을 부려 보고 싶지만 다행히도 한시민의 이성은 그 어느 때보다 냉철히 깨어 있다.

빠르게 주변을 훑어보자 그의 반경 20m 이내로는 그 누구도 접근하지 않고 있었다.

그가 50분 동안 광기로 물든 전장에서 만들어낸 결과다.

심지어 수많은 마족마저 해내지 못한 업적. 눈앞을 가린 홀로그램의 수가 몇 개인지 셀 수도 없이 많다.

뿌듯함이 몰려왔지만 그걸 느끼고 있을 틈이 없었다.

50분 만에 다가온 정적. 사람들은 잠깐 동안 그 정적의 의미를 파악하기 위해 고민했고 이내 한시민과 마찬가지로 답을 도출해 냈으니까.

"끄, 끝인가?"

"끝인가 보다!"

이미 할 수 있다는 일념 하나로 달려들었다가 피를 본 전장의 이들은 선불리 달려들지 못했다.

대신 걸음은 뗐다. 50분 만에 처음으로 뒷걸음이 아닌 한시민을 향한 걸음이었다.

한시민이 인상을 찌푸리며 다시금 망치를 들었다. 가장 가까이에 있는 수천 명의 사람들이 움찔했다.

그 찰나의 순간. 한시민이 튀어 나갔다.

"이런 시댕."

홀로 수백만 군대를 뚫고 대륙을 먹는 꿈은 소설에서조차도 통하지 않을 이야기인데 직접 하려고 하니 될 리가 없다.

"전부 철수!"

이쯤 되면 물릴 줄 알았다. 마족들을 먹이로 던져줬으니 리치 영지보단 마족들을 타깃으로 계획을 짜기 위해 병력을 무를 테고 그 틈을 타 마족들을 다른 곳으로 이동시켜 리치 영지를 지켜내려는 게 의도였는데.

"……."

세상은 언제나 그렇듯 한시민의 뜻대로 돌아가지 않았다.

그렇다는 건.

Episode 64.

비 온 뒤엔 땅이 질퍽함

1

언제나 그렇듯 새드엔딩이라는 것이겠지.

"……."

"……."

한시민이 패잔병처럼 바닥에 널브러져 앉아 있는 파티원을 비롯한 펫들을 보았다.

토끼들, 수달이, 카르디안, 빼액이, 그로킬레, 아리아, 에피아, 한여리, 스페셜리스트.

언제 이렇게 대규모 가족이 되었나, 감회가 새로운 동시에 허탈함이 몰려온다.

"이런 X망겜을 봤나. 이 정도 화력으로 겨우 수백만 명도 못

막다니. 지나가는 베타고가 비웃겠네."

토끼의 머릿수를 세어 보니 몇 마리는 전장에서 돌아오지 못한 것 같았다. 빼액이와 카르디안이 드래곤의 모습에서 다시금 인간의 모습으로 돌아와 전장에 합류했던 것을 생각해 보았을 때 뼈아픈 피해였다.

한시민이 최대한 시선을 끄는 동안 그들은 몸을 사리며 리치 영지를 침략하려는 적과 맞서 싸운다는 계획이 물거품으로 돌아갔다.

물론 더 힘을 내 싸웠으면 더 나은 성과가 있었을지도 모르지.

하나 별 의미가 없다.

여기서 더 싸운다는 건 빼액이에게 한시민의 사비로 골드를 먹여야 한다는 말이고, 힘의 제약을 받고 있는 카르디안은 성체로 변신해 온갖 화력을 집중 포격 당한다는 뜻. 막아야 하지만 동시에 선을 그어놓은 한시민에겐 의미가 없는 짓이다.

게다가 상황은 의도했던 대로 흐르지 않았다.

"역시 인생은 거지 같다."

애초에 군대의 목적은 한시민을 제거하고 리치 영지를 점령하는 것이었다. 생각이 있다면 리치 영지를 온전히 얻어 그 수익을 그대로 유지하길 원하지, 갈기갈기 짓밟아 없애 버릴 생각을 하지 않을 것이다.

해서 시선을 끌기 위해 마족들도 풀었고 전장에 몸을 드러냈다.

마족과 한시민을 상대하는 동안 그들의 머릿속에서 리치 영지는 지워질 줄 알았다. 그렇게 난리를 쳤는데도 리치 영지를 노린다는 건 정말 돈에 영혼을 판 노예라고 봐야 하기에.

하나 따라오지 않았다. 아니, 따라오긴 했는데 전부가 쫓아오진 않았다. 인간들은 마족들의 편에 선 한시민에게 원한을 가졌지만, 아직까지는 눈앞의 마족들을 더 우선시했다.

그럼 그 마족들을 함께 이끌고 오면 되는 일이긴 하다.

"에피아, 진짜 조금도 안 돼?"

"응. 마계로 돌아갔다 다른 방법으로 오지 않는 이상 힘들 거야."

"……조금도? 마왕으로서의 힘을 조금이라도 보여주는 게 안 돼?"

"안 돼."

"아니, 말이 돼? 어? 여기 흘러넘치는 게 흑마력이고 마족이 수만 마리인데 흑마력을 못 쓴다고 해도, 어? 에피아 네 얼굴 알아보는 마족이 하나쯤은 있지 않을까? 쟤네 다 어디로 좀 꺼지라고 해봐. 이대로 가다간 영지고 뭐고 다 개박살 나겠네."

"음, 그렇게 해줄 순 있긴 한데."

"어, 얼른."

"마족들이 흑마력을 제약당한 지금의 날 본다면 인간들을 포기하고 나에게 달려들 텐데, 괜찮겠어?"

"……."

지금 상황에 그렇게 되면 안 된다는 게 문제겠지.

이미 에피아가 경고했던 부분이기도 해서 꿀 먹은 벙어리처럼 입을 다물었다.

하지만 마음먹은 대로 되지 않았다고 해도, 리치 영지는 당분간 안전하긴 할 것이다. 쌓아놓은 성벽과 마법진들이 있으니까.

"방법을 찾아보자. 젠장."

이미 커뮤니티를 통해 마족들을 죽이기 위해 수백만 군대가 추가로 모이고 있다는 정보를 입수했다.

거기서 한시민은 희대의 쓰레기로 표현되고 있었고.

-아, 시민이한테 죽음.

-와, 무슨 난 사람들한테 둘러싸여서 뒤통수밖에 안 보였는데 어느 순간 번쩍하더니 갑자기 로그아웃당함.

-ㅋㅋㅋㅋㅋㅋㅋㅋㅋㅋㅋㅋㅋ 난 그냥 멍 때리면서 시민이 방송 보고 있었는데 3인칭 시점으로 내가 죽는 거 봤다.

-ㄹㅇ 인정사정없는 쓰레기네.

-그래도 시민이한테 죽어보니 좋다.

그리고 거기엔 실시간 중계도 올라오고 있었다.
한시민이 그토록 믿던 희망을 배신하는 중계가.

-속보! 리치 영지 뚫린다.
-와, 미친. 시민이 사람이냐? 저기다가 마법진을 얼마나 처발라 놓은 거냐.
-벌써 공식 집계된 피해만 20만이다.
-마족들 상대하는 병력 제외하면 저항하는 병력도 별로 없는데 ㄷㄷ

"오빠, 괜찮아?"
"……."
애써 말아 올리려는 한시민의 입꼬리는 올라가지 않았다.
그동안 상관없다고 말하며 행동으로 실천해 왔지만, 자신이 쌓아올린 첫 번째 건물이라 봐도 무방한 영지가 다른 놈들에게 넘어간다는 현실을 직시하는 건 절대 쉬운 일이 아니었다.
오랜만에 정색한 표정의 한시민이 자리에서 일어났다.
"뒈졌다."
하지만 센 척해 봤자 리치 영지에 들어간 사람들이 병력을 물리지는 않았다.

켄지는 그때 등장했다.

며칠이 지나고, 군대를 일으킨 왕국들이 리치 영지를 누가 어떻게 관리하느냐의 문제를 의논하기 전 남은 마족과의 전투를 어떻게 해결하느냐에 대한 논쟁을 펼치고 있는 와중에.

어찌 보면 최상의 타이밍이다. 이걸 노리고 지금까지 침묵한 게 아닐까 싶을 정도로 완벽했다.

전쟁 초반, 변수를 알 수 없는 일들이 모두 사라지고 마족들마저 슬금슬금 힘이 빠져가는 가운데 나타난 것이다. 자신의 피해를 최소화하고 얻을 수 있는 이익을 극대화하겠다는, 눈에 뻔히 보이지만 아주 훌륭한 전략이었다.

전부 한시민을 믿지 못했으면 불가능했을 생각이기도 했다.

누가 보더라도 이번 전쟁은 먼저 가서 빨대를 꽂는 놈이 독차지하는 그림이었다. 설령 제국의 황제가 오더라도 피할 수 없는 순위 경쟁이었기에.

그런 상황에서 아무리 강해도 낄 수 없는 자리를 포기한 대신 타이밍을 노렸다.

“저희 켄지 길드도 현 시간부로 대륙에 심각한 혼란을 야기한 시민 일당과 마족들을 처치하기 위해 합류하겠습니다. 일전, 리치 영지를 공격하는 건에 대해선 많은 왕국이 신전을 대신해 나서주었고 정치적인 요소도 많아 직접적인 관여는 하지 않고 있었지만 마계의 게이트를 소환한 이상, 이는 천왕님께서도 더 이상 지켜볼 수 없다고 판단하신바, 저희 켄지 길드가 천왕님을 대신해 처단하겠습니다."

명분도 그럴듯했다.

어째서 대륙의 악이라고 판명 난 한시민을 최대 피해자 켄지가 먼저 나서서 공격하지 않고 레이드나 다니면서 아이템 파밍을 하고 있느냐, 뭐 서로 간에 거래가 있었던 것이 아니냐, 옛날부터 둘이 짜고 치는 고스톱이냐, 사실 천계에 간 것도 한시민이 도와줘서 그런 것일 수도 있다 등등 온갖 그럴듯한 추측을 잠재우는 계기기도 했다.

한시민이 방송을 끄고 자취를 감추는 동시에 나타난 켄지에게 시선이 몰리는 건 자연스러운 현상이다.

무엇보다 켄지는 강했다.

예전에도 세력을 일구고 NPC들도 이끌고 다니며 멸시받던 모험가 중에서는 제법 강한 면모를 보여주긴 했었지만, 천계에 가서 레전드리 등급의 직업까지 받고 천왕의 힘까지 가지고 온 이제는 NPC들조차도 무시할 수 없는 강자였다.

게다가 그의 재력을 마음껏 뽐낼 수 있도록 고급 장비들의 매물 또한 많이 풀린 상태였다.

"강화까지 했으면 완벽했을 텐데."

이런 말까지 할 정도로 켄지의 몸엔 여유가 깃들었다. 그리고 그는 그것이 단순한 허세가 아님을 전장에서 직접 보여주었다.

전쟁이 시작된 첫날부터 일주일가량은 한시민이 보여줬던 그 짧았던 1시간의 임팩트가 남긴 여운이 이어졌다면 그 이후엔 켄지였다.

켄지는 한시민처럼 짧고 굵게 치고 빠지지 않았다. 그는 홀로 수백만의 적을 상대할 필요도 없었으며 동료가 고작 수십이지도 않았으니.

그의 길드와 대신전의 사제들, 성기사들을 비롯해 기존에 존재하던 병사들이 모두 그의 편이다.

상대해야 할 것은 수는 적지만 강력한 마족들. 그들을 상대하는 건 레전드리 등급의 교황에게는 아주 최적화된 일이었다.

언제나 그렇듯 극상성에는 서로 간에 들어가는 대미지가 차원이 다르다.

"와아아!"

"마족이 죽었다!"

"미친, 적어도 수백 명은 죽어야 겨우 한 마리 잡는데."

"역시 교황님이시다!"

"와아아!"

현 교황은 명백히 존재한다. 하나 새로운 교황이 천왕의 손에 뽑혔다.

전대 교황은 마왕과 성녀를 마왕의 편으로 뽑았다는 이유만으로 신전의 지하 감옥에 갇혔다.

하루아침에 바뀐 교황이지만 누구 하나 어색함을 느끼지 않고 환호했다.

온몸에서 뿜어져 나오는 신성력은 이전의 교황에 대한 향수 따위를 느낄 틈도 없이 감동을 선사했으니까.

마족들이 속수무책으로 쓸려 나가기 시작했다.

물론 켄지가 마족들을 전부 쓸어버리기엔 아직까지 레벨도 부족했고 필요한 것도 많았다.

그러나 이미 일주일이 넘게 싸워 지치기 시작한 마족이 태반이었다.

여러 상처로 힘이 빠진 상태의 마족 사이를 파고들어 균형을 깰 정도의 힘만 가하는 켄지의 노련함과 추가 병력이 더해진 대륙의 총공세는 강력했다.

그 뒤로는 뭐. 차려진 밥을 떠서 입에 들이밀어 주는데 먹지 못하면 그건 먹지 못하는 사람의 책임.

켄지는 그런 멍청이가 아니었다.

판은 악당인 주제에 엄청난 활약을 보여주고 사라진 한시민에서 켄지에게로 이동했다.

-이것도 잠시임ㅋ 시민이 돌아오면 다 끝날 듯.

-자기 것 뺏기고도 가만있을 놈이 아닌데.

-이번엔 어떻게 뒤집을까 궁금하다.

-이번처럼 50만 원 해도 볼게. 제발 돌아와, 시민아.

어느새 생겨난 한시민 팬들의 반응과.

-ㅉㅉ. 그래 봐야 하루 종일 게임만 쳐 하는 폐인인데 뭘 어떻게 뒤집냐. 켄지는 벌써부터 판 짜는 능력이 다른데. 그냥 운으로 선점 좀 해서 이득 보는 시민이랑 다르다.

-돌아와도 뭐, 이미 대륙에서 배척당한 상태라 어떻게 복구할 수 있나.

켄지 팬들의 대립.

어느새 판타스틱 월드의 독보적인 투 탑으로 자리 잡은 한시민과 켄지의 팬들이 설전을 벌였지만 아쉽게도 변하는 건 없었다.

한시민은 영지가 빼앗긴 이후로 모습을 보이지 않고 있고, 켄지는 마족들을 상대로 확실한 면모를 보이며 대륙을 마족들로부터 지켜내고 있었으며, 수세에 몰린 마족들은 그대로 뿔뿔이 도망쳤다는 것.

수백만의 피가 흐른 땅엔 그렇게 몇 달 만에 평화 아닌 평화가 찾아왔다.

2

흑마법사 때와 마찬가지로 대륙은 흩어진 마족들을 찾아 나섰다.

다른 점이 있다면 섣불리 추격할 수 없다는 것. 흑마법사 몇은 추격대로 충분히 잡을 수 있지만 마족들은 그게 안 된다.

해서 머리가 더 복잡했다.

그래도 수백만이 몰려가 죽기 위해 덤벼들 때와는 다른 분위기가 형성됐다. 활기가 돌았고 희망이 샘솟았다. 그건 아마 켄지의 발언이 가장 영향을 미쳤을 것이다.

"현재 마계는 천왕님과 천족들에 의해 정복되어 가는 중입니다. 대륙의 마족들만 제거한다면, 앞으로 대륙은 다시는 마족으로부터 위협받지 않아도 됩니다."

대륙은 수만 년간 단 한 시도 마족들의 위협으로부터 안전했던 적이 없었다.

언제든 쳐들어올 수 있고, 이미 대륙에 숨어들었을지도 모른다는 불안감을 갖고 살아야 했다.

그런데 이제는 아니다. 벗어날 수 있다.

비록 여전히 위험하긴 하지만, 지금을 감내한다면 후손들에게 마족은 정말 동화책에서나 볼 수 있는 존재로 만들어 줄 수 있다.

해서 죽은 이들의 몫까지 더 열심히 뛸 수 있었다.

[메인 퀘스트를 완료했습니다.]

그리고 유저들에게 단비 같은 소식도 찾아왔다.

3

[현 판타스틱 월드의 판도와 최신 현황, 앞으로의 분석.]

[※글에 앞서 지극히 주관적인 소견이며 밥 처먹고 판타스틱 월드 분석만 하는 사람임을 밝힙니다.

현재 판타스틱 월드는 진정한 평화의 시대에 접어들었다.

유저의 입장에서 본다면 진정한 판태기가 오는 시점이라고 봐도 무방하다.

메인 퀘스트의 완료와 대륙의 위험 요소 제거.

마족들이라는 싹이 대륙 곳곳이 뿌려졌지만 그에 대응하는 교황의 등장.

특히 그 교황이 유저라는 점에서 대륙은 진짜 안정기를 찾았다고 봐야 한다.

끊임없이 레벨을 올려야 하는 점과 교황이라는 자리를 이용해 유저로서 가장 먼저 찾는 수익 부분을 신경 쓴다면 하루 종일 대신전 안에 처박혀 유유자적 게임을 즐길 리가 없으니까.

더군다나 교황이 된 유저의 과거 행적을 아는 사람이라면 더더욱 잘 알 것이다.

끊임없이 길드를 확장해 나가고 영지를 얻고 얼마가 되었든 전쟁을 위해 지르고. 어찌 보면 교황보다는 마왕이 더 어울리는 남자.

그는 그와 함께 판타스틱 월드의 오랜 라이벌이라 불리는 시민과의 전쟁에서도 승리해 버렸다.

더 이상 무슨 말이 필요할까.

매번 당하기만 하던 남자는 복수의 칼날을 갈았고 그 칼날을 제대로 비수에 꽂아 넣었다.

초반에 모든 걸 가졌던 시민은 쌓아올린 모든 걸 잃었다.

영지, 황제, 황녀.

그의 기반의 전부고, 모든 것이 나오는 기반을 잃었으니 더 이상 다시 일어설 추진력을 얻을 수도 없다.

방송?

여전히 시청자는 나올 것이다.

하지만 그 대부분은 목에 걸린 현상금을 위해 방송에 들어가는 사람일 것이며 현재 존재하는 시민의 고정 시청자들 또한 제한된 콘텐츠와 더 이상 보일 게 없는 한계와 방송만 켜면 도망치는 모습에 싫증을 느껴 떠나가게 될 것이다.

현 판타스틱 월드의 추세상 방송 또는 인게임에서의 영향력이 아니면 돈을 벌기 어렵다는 점과 더불어 레이드 또한 추격을 당하는 입장에서 쉽지 않다는 것을 생각해 보면 이제 정말 켄지의 시대가 온 게 아닐까 싶다.

사실 늦어도 너무 늦은 감이 없잖아 있다. 처음부터 켄지가 이겨도 전혀 이상하지 않을 정도로 차이는 명백했고 이상하리만치 시민에겐 운이 따라 주었다.

그 결과가 이것이었고 판타스틱 월드의 특성상 초반의 격차를 따라가기엔 많이 힘든 면이 있었다. 그럼에도 켄지는 해냈고 이렇게 되었다.

앞으로는 이대로 갈 것이다. 분명히.

그리고 시민은 어떻게든 발악하겠지. 다시금 올라오기 위해.]

올라온 글은 화제 글로 향했다.

구구절절 맞는 내용이기 때문만은 아니었다.

-ㄹㅇ 썜통이다.

-솔직히 레전드리 등급 두 개 가진 거 빼곤 뭐 있냐.

-진짜 초반 격차로 다 해 처먹는 거 꼴 보기 싫었는데 역시 우리 켄지 형님. 멋지십니다.

-시민충들 부들부들?

-ㅋㅋㅋㅋㅋㅋㅋㅋㅋㅋㅋㅋㅋㅋ 이제 뭘로 시민이 빨 거냐.

-다 잃었네. 영지에 게임으로 번 돈 다 투자했다던데.

그만큼 한시민의 성공에 시기와 질투를 느끼는 사람들이 많다는 것이고 또 그만큼 켄지의 팬들이 많이 늘어났다는 뜻.

그들은 시간만 나면 싸워댔다.

-시민이 어디 처박혀서 레벨 업이나 하고 있겠지.

-레벨 업 할 수나 있겠냐.

-스페셜리스트랑 같이 사라졌던데 어째 안 들키고 잘 있나 보네.

-레벨 랭킹 변동은 없는데?

-무슨 계획이라도 짜나?

-ㅋㅋㅋㅋㅋㅋㅋㅋㅋㅋ 멍청이들. 시민이랑 스페셜리스트가 이대로 그냥 다 버리고 숨어 살 거 같냐ㅋㅋㅋㅋㅋㅋㅋㅋ 걔네들은 판월 초창

기에 다른 유저들 다 얼 타고 있을 때부터 지네끼리 앞서 나가던 놈들인데 뭐. 먼저 시작한 이점 때문에 운 좋게 성공한 것처럼 말하는 거 극혐ㅋㅋ 판월 초창기에 같이 시작한 유저가 수만이 넘는데.

-ㅉㅉ. 망상 지리고요.

어쩌면 싸울 수밖에 없었다. 시민의 팬이든 켄지의 팬이든 그들의 궁금증을 풀 만한 곳은 없었으니까.

켄지의 경우엔 방송을 켜고 여전히 레이드를 하고 있지만 한시민에 대한 언급이라곤 조금도 하지 않았고, 한시민은 아예 방송을 켜지 않은 지 벌써 2주일이 지나가고 있다.

이건 뭐 게임을 접은 건지 플레이하고 있는 건지조차도 짐작할 수 없는 상황.

-시민이 이렇게 게임을 접었다고? 고작 영지 좀 잃었다고?

-장기를 다 잃어도 숨 쉬고 돈 벌려고 뛰어다닐 놈인데.

대부분의 유저는 믿었다.

믿었기에 싸우는 것이다.

-다른 게임 찾거나 똥줄 타서 어디 4대 금지 같은데 들어가 있겠지.

물론, 이럴 가능성이 가장 크다는 결론이 나오긴 했다.

4

강예슬이 물었다.

"오빠."

"어."

"이러고 있어도 되나?"

소파에 누워서 한시민에게 허벅지를 내어준 채.

정면엔 벽을 한가득 채운 커다란 TV에서 드라마가 나오고 있었고, 소파 앞 작은 탁자엔 치킨부터 시작해 피자, 햄버거, 족발 등등 온갖 먹을거리가 잔뜩이었다.

정말 오랜만에 판타스틱 월드의 음식이 아닌 현실의 음식을, 그것도 소파에 누워 편한 추리닝 차림으로 먹고 있는 게 강예슬은 아직도 믿기지 않았다.

그래서 물었고 돌아오는 대답은 덤덤했다.

"뭐 어때. 영지도 날려 먹고 대륙의 역적이 된 김에 좀 쉬자. 어차피 지금 들어가 봤자 날파리만 꼬일 텐데 그것들 처리하면서 버는 돈보다 귀찮은 게 이제는 더 싫다."

똥줄이 탄다느니 어디 들어가서 복수의 칼날을 간다느니

온갖 뇌피셜들이 난무하는 커뮤니티의 예상과는 전혀 다른 한시민의 태도와 마인드.

강예슬이 고개를 주억거렸다.

"그렇긴 한데."

나쁘진 않다. 아니, 강예슬에겐 오히려 좋은 기회다.

언제 이렇게 한시민과 단둘이, 한 집에서 허벅지를 내어주며 알콩달콩 연인 느낌을 내보겠는가.

게임에서야 항상 붙어 있다지만 언제나 사냥을 하거나 강화를 하기에 바빴고, 더군다나 보는 눈도 있어 무언가를 하기는 힘들었다.

그런데 현실에서는 한시민도 마음이 영 없는 건 아닌지 그녀의 손을 피하지 않고 허벅지까지 베고 누워 신선놀음을 하고 있다.

앞으로의 미래가 그리 나쁘지만도 않다는 걸 깨닫는 좋은 시간이었다. 다만 아직까지 믿기지 않을 뿐이지.

"오빠가 웬일로 이렇게 태연하나 싶어서."

길 가다가 자연재해를 만나 500원짜리 동전 하나를 잃어도 신을 욕하면서 바득바득 이를 갈았을 놈이다.

그런 그가 뒤통수를 맞고 영지를 잃고 황제를 잃었다.

"복수엔 다 때가 있는 법이야. 지금은 우릴 잊을 때까지 잠수나 좀 타면 돼. 그동안 못 버는 돈은 아깝지만 그동안 모아놓은 돈도 있으니까.”

“…….”

그렇다는데 더 이상 할 말은 없지.

강예슬이 안심하며 고개를 끄덕였다.

그러니까 이제 이 차려진 밥상을 마음 놓고 즐겨도 된다는 뜻이지?

미소가 절로 나온다.

그 음흉한 기운을 느낀 한시민이 시선을 위로 들어올리니 고양이 상의 매혹적인 눈꼬리가 그를 마중했다.

“왜?”

“설아 씨랑 현수 형은 언제 온대?”

“오늘 부모님이 호출해서 못 온대.”

“……갑자기? 2시간 전만 해도 온댔는데?”

“응.”

“네가 부모님 만나라고 약속 만들어준 건 아니고?”

“어쨌든 못 온대.”

“…….”

“오빠, 방도 많던데 어차피 쉬는 거 나 여기서 좀 있을게. 우리 집은 혼자 있으려니까 너무 썰렁해. 난 사람 온기 있는 집이 좋더라. 헤헤.”

눈 하나 깜짝 않고 하는 얘기들에 웃음이 먼저 나온다.

"그러든지."

그러곤 쿨하게 허락한다.

적극적으로 들이대는 강예슬이 한시민이라고 나쁠 건 없다. 외간 여자 맨살까지 베고 누워 있는 주제에 어쭙잖게 행동할 생각도 없었고.

"하, 좋다."

한시민의 긍정적인 반응이 나오자 모든 걸 가진 듯한 강예슬이 웃었다.

정말 오랜만에 갖는 휴식이다. 먹고 싶은 음식들에 보고 싶은 드라마까지.

게임을 하면서도 먹고 보고 할 수 있었지만 그것과 게임을 아예 멀리한 채 이렇게 쉬는 건 차원이 다른 느낌이다.

이제껏 거의 게임을 일하듯 해온 상황에선 더더욱.

그렇기에 이런 행복한 휴식 뒤에 찾아올 상황에 대해 궁금해질 수밖에 없었다.

"오빠."

"어."

"오빠는 근데 벌 만큼 벌었지?"

"판월?"

"응."

"벌 만큼은 무슨. 지금 그냥 판월이 망해도 상관없을 정도로 벌었지."

"하긴, 갖고 있는 부동산만 해도……."

"켄지 발톱의 때 정도 뜯어내니까 평생 놀고먹을 금수저가 되더라."

"그래도 아쉽지 않아? 영지에 방송에……. 그것들도 꽤 짭짤했을 텐데."

"아쉽긴. 막말로 영지 잃으면 한강 간다는 마인드로 지키긴 했지만 사실 돈도 안 나오는 거 없어도 그만이야. 방송도 잠깐 쉬는 거지 다시 켜면 되고. 황제도 멍청해서 가서 다시 잘 구슬리면 금방 또 넘어와. 내겐 황녀가 있거든."

"쳇, 접을 생각은 곧 죽어도 없네?"

"왜 접어, 이렇게 재미있는 게임을. 원래 돈은 있다가도 없고 없다가도 있는 법. 언제 돈 떨어질지 모르는데 꾸준히 나오는 구멍 하나는 있어야지."

"……."

"어쨌든 최소 2주 더 쉬고 우리에 대해 무덤덤해질 때쯤 다시 움직인다."

"응, 그럼 그때까진?"

"지금처럼 놀아야지."

"……집에서만?"

"나가기 귀찮아."

"아아앙, 오빠. 놀이동산 가자, 놀이동산. 응?"

"아, 왜 이래."

"이이잉."

그녀의 궁금증은 예상과 그리 다르지 않았다.

스페셜리스트.

그들의 종착점은 또 결국 게임일 수밖에 없었다.

한시민의 생각대로 한 달쯤 지나자 한시민과 스페셜리스트에 대한 관심은 사그라졌다.

한 달이면 강산이 변한다는 판타스틱 월드의 특성상 어쩌면 당연한 이야기.

켄지 또한 마찬가지였지 않은가.

천계로 갔을 때 한동안 궁금증을 가진 사람들이 많았지만 활동을 직접적으로 하지 않으니 금방 잊혀졌다.

그게 게임이고 그게 시청자다.

서운하거나 그럴 수도 있지만 한시민은 전혀 개의치 않고 커뮤니티에 올라오는 글이 하루에 두 개 이하로 떨어졌을 때 소파에서 일어났다.

"휴, 마침 드라마도 다 봤고."

"놀이동산도 다녀왔고!"

쉴 만큼 쉬었다. 이 정도 쉬었으면 너무 많이 쉰 게 아닐까 싶을 정도로 많이 쉬었다.

해서 강예슬은 그 어느 때보다 활기찼다. 사냥을 억지로 하면서 또 포기하지 않는 특이한 그녀지만 이번만큼은 먼저 캡슐로 달려갔다.

"얼른 게임 하자!"

"쯧쯧."

한시민이 혀를 찰 정도로 의욕이 넘친다.

어차피 캡슐에 들어가 마주하게 될 상황은 대륙의 악당으로서 모든 생명체를 적으로 둔 채 살아 나가야 할 아득한 미래일 텐데 어쩜 저렇게 기분이 좋을까.

부정적으로 생각한다고 달라지는 건 없지만 뭐.

"들어가서 뭐 할 거야?"

발랄하게 묻는 강예슬의 대답에 여전히 무덤덤하게 대꾸해주었다.

"강화."

그의 가장 기초이자 기본.

초심을 찾을 때가 왔다.

5

정설아와 정현수는 먼저 접속해 있었다.

당연히 그들은 뒤이어 동시에 접속하는 한시민과 강예슬을 보았다. 뭐 어떻게 안 보려고 배려하려고 해도 할 수가 없는 장소다.

어찌 됐든 사람들의 눈에 띄지 않기 위해 그들 또한 마족들이 숨어든 4대 금지에 몸을 내던질 수밖에 없었으니 자연스럽게 그곳에서 생존하기 위해서는 뭉쳐야 했고 로그아웃 장소마저도 조심스럽게 정해야 했다.

그러다 보니 로그아웃 장소는 대개 동굴이나 커다란 나무 밑의 무너진 바닥 아래가 대부분이었다.

"너네 2주 동안 뭘 했기에 같이 들어오냐?"

"오빠, 뭘 그런 걸 물어. 예슬이나 시민 씨나 성인인데."

"……이런 발랑 까진 것들이. 우린 심심하게 집 안에서 드라마나 보면서 시간 때웠는데 지들은 둘이 붙어 가지고……."

그런 상황에서 마주한 낯부끄러운 그림은 정현수에게 상당히 불쾌한 기분일 수밖에 없었다.

둘이 그렇고 그런 사이로 흘러가는 분위기라는 걸 모르는 건 아니었다. 그 정도로 눈치 없어서 어떻게 세계에 이름을 떨치는 그룹을 뒤이을 후견인이라 할 수 있겠는가.

눈치를 채고 있기도 했고 게임 초반, 정설아와 이어지려는 묘한 분위기 때문에 오히려 강예슬 쪽을 응원하기도 했었기에 그리 큰 불만이 있는 것도 아니었다.

그 또한 남녀 간 사랑이라는 게 무언가 많이 필요하다는 주의도 아니었고 가볍게 만나고 넘어간 여자가 한둘이 아니었으니.

하나 타이밍이 그랬다.

"오빠, 우리도 드라마 보고, 시켜 먹고, 잠만 자고 그랬는데?"

"……."

"오빠네나 우리나 다를 게 없구만, 뭐."

타이밍도 그런데 한시민의 팔짱을 낀 채 당당하게 콧대를 세우고 있는 저 모습까지 겹치니 더 열불이 난다.

더군다나 틀린 말도 아니었다.

강예슬이나 한시민이나 집 안에 틀어박혀 시간을 때우기 위해 드라마를 보고, 그동안 못 먹었던 음식을 잔뜩 시켜 먹었듯 정현수와 정설아 역시 마찬가지였다.

"너희는 인마, 둘이 붙어서 잤잖아!"

"오빠도 설아 언니랑 그랬으면 됐잖아."

"뒈질래?"

"아니? 난 시민 오빠랑 오래오래 살 건데?"

"……."

다른 게 있다면 뭐 이런 아주 사소하고 거슬리는 요소 하나겠지만.

어쨌든 시선을 하늘로 두며 뻔뻔함이 우주를 향해 뻗어 나가는 강예슬을 방치하는 한시민의 방관과 함께 소란은 금세 잠들었다.

결국 연애한다고 놀아주지 않은 한시민과 강예슬의 모습에 배가 아픈 것뿐이니까.

“그래서, 잤냐?”

“오빠, 애야?”

“아니, 왜. 우리 사이에, 어? 그런 건 프리하게 오픈할 수 있잖아. 너희가 그냥 심심해서, 몸이 외로워서 만난 것도 아닐 테고. 어차피 연애를 전제로 만난다면 결혼할 수도 있는데 나한테만 말해봐.”

“현수 형.”

“어, 그래. 말해봐라.”

“자긴 잤어요.”

“……?”

“형님이 원하시는 그건 노코멘트 하겠습니다.”

“이런 미…….”

“정말 궁금하시면 5천만 원만 입금하세요. 그럼 예슬이 몰래 말씀드릴게요.”

"아, 안 돼! 오빠, 진짜 죽어."

뭐든 오랜만에 만난 스페셜리스트의 분위기는 여전히 밝았다.

모든 걸 잃은 주제에.

스페셜리스트는 언제나 초심을 잃지 않아 왔다.

게임을 처음 시작할 때부터, 한시민을 만나기 전부터 이어져 온 초심. 아니, 판타스틱 월드가 출시하기 전에도 그들의 초심은 언제나 한결같았다.

게임 내 최강. 최초. 최고.

모든 타이틀을 딴다. 오로지 세 명이서. 이제는 네 명이 되었지만 달라지는 건 없다.

그것들을 따기 위한 노력은 한시민을 만났든 기연이 따라운 좋게 남들보다 앞서 나갈 수 있었든 달라지지 않는다.

게임이 오픈하고 2년을 향해 달려 나가는 지금도 레벨 랭킹 1, 2, 3등을 뺏기지 않을 수 있었던 이유다.

물론 한 달이라는 공백 동안 많은 유저가 랭킹을 바짝 뒤쫓아 왔지만 초조함 따위는 느껴지지 않았다.

설령 랭킹이 뒤집혔고 그들의 이름이 1페이지에서 사라졌다고 한들 인상을 찌푸리거나 한숨을 내쉬지 않았을 것이다.

그건 믿음이자 신뢰였다.

다시 1등을 탈환할 수 있다는 믿음. 그것을 현실로 만들어 줄 한시민이 옆에 있다는 신뢰.

실제로 한시민은 게임에 접속하자마자 축복의 반지 효과를 아낌없이 뿌려주었다.

영지를 잃고 황제와의 연결점이 사라진 시점이라고 하지만 결국 한시민의 모든 것은 전부 여기 있다.

남들의 시선을 신경 쓴 적은 없었지만, 신경 쓰지 않아도 될 환경이 만들어졌고 이제는 마음 놓고 사냥을 즐길 환경까지 만들어졌다.

거기다 한시민은 그만의 초심을 찾을 여유마저 생겼다.

"강화를 어느 세월에 하나 싶었는데, 마침 잘됐다."

망치에 먼지가 잔뜩 쌓인 것이 미안했던 참이다.

그가 여기까지 올 수 있었던 가장 큰 이유. 그가 강해지는 데 가장 효율적인 수단.

돈을 벌기 위해 여기저기 돌아다니며 야부리만 털다 보니 자연스럽게 강화는 뒷전이 되었고 그러다 보니 스펙 업이 더뎌졌었다.

굳이 하지 않아도 충분히 대륙에서 누구도 그를 무시하지 못할 만큼의 파티를 갖추었지만.

“깽판 놓으려면 초심 찾고 구르자, 시민아.”

이제는 돈에 연연하지 않는다. 내가 얼마나 부자인지는 한 달 동안 쉬면서 충분히 느꼈다.

뭐 굳이 느끼려고 노력하지 않아도 됐다. 통장에 찍히는 돈과 게임 속이 아닌 현실의 돈을 직접 인출하며 사고 싶은 것들, 그러니까 원룸 시절에는 감히 꿈에서도 상상하기 힘들었던 것들을 아무 생각 없이 구매하며 익숙해졌다.

그런 경지에 다다랐을 때, 다시금 떠올랐다.

게임은 게임이다. 현실이 우선이다.

물론 그렇게 생각해도 결국 한시민은 평생 현실 같은 게임을 끊지는 못하겠지만 이전처럼 목숨을 걸고 돈을 위해 게임에 임하는 모습은 최대한 자제하기로 마음먹었다.

그렇기에 생각해 낼 수 있었다. 현실적인 반격 방법이 아닌, 게임으로써 이 상황을 즐기는 방법을.

“돼졌어, 흐흐흐.”

“……사악해. 또 무슨 꿍꿍이야.”

한 달의 휴식. 그리고 기약 없는 준비가 시작되었다.

6

켄지는 천왕과 소통할 수 있는 능력을 얻었다.

어려운 건 아니었다.

그의 직업은 레전드리 등급의 교황이었고 그의 뒤엔 거대한 대신전이 존재했으며, 천왕의 인증을 받은 그를 새로운 교황으로 떠받들어 모시지 않는 사제는 없었으니까.

특히 마왕에게 휘둘린 뒤로 누가 배신자가 될지 모르는 아주 예민한 상황에서 곧 법이나 다름없는 새로운 교황인 켄지에게 부족한 것은 없었다.

무엇보다 천왕이 그에게 능력을 주었다.

소통하기 위해.

-잘했다.

"감사합니다, 천왕님. 하나 마족을 싹 멸종시키는 데는 실패했습니다. 위기의식을 느낀 마족들이 금지로 빠져 훗날을 도모하려는 것 같습니다."

-상관없다. 어차피 마계는 70% 이상 천계의 손에 넘어왔으니. 설령 그 버러지들이 대륙에서 회생의 가능성을 찾는다 해도 마계를 완벽히 장악할 때까지만 버틴다면 천계에서도 지원 병력을 보내줄 수 있다.

"예, 알겠습니다."

-다만 마왕은 조심하라. 그 사악한 년, 마계에서는 수만 년에 한 번 나올까 말까 한 진정한 마왕의 싹이니.

"하지만 힘을 봉인당하지 않았습니까."

-어떻게든 풀어낼 년이다. 항상 경계를 늦추지 말라.

"알겠습니다."

신탁보다 훨씬 자유로운 소통.

그냥 전화하는 느낌으로 대화를 마친 켄지가 피식 웃었다. 그러고는 고개를 저었다.

천왕이 그냥 내뱉은 말은 아닐 것이다.

어찌 됐든 하나의 세상이라고 하지만 결국 이 세상에 존재하는 모든 NPC는 게임 속에 존재하는 데이터일 뿐이며 그 위에는 모든 걸 창조하고 움직이는 베타고라는 존재가 있을 테니까.

한 마디, 한 마디가 전부 다음 메인 퀘스트를 암시하는 말일 수 있으니 뜻을 곱씹어 해석해야 실마리를 풀 수 있다.

하나 켄지는 그런 말들을 대수롭지 않게 여겼다. 그가 메인 퀘스트에 관심이 없기 때문이 아니다. 오히려 너무나도 판타스틱 월드를 잘 알고 분석했기 때문이다.

"마왕의 강림과 마족들의 단합이라. 아주 흥미로운 소재군요."

"길마님, 마왕이 시민과 함께 있으니 위험하지 않을까요."

"괜찮아요. 그쪽은 신경 쓰지 말고 계속해서 스펙을 올리는

데 집중하세요."

"하지만……."

"그 사람은 제가 누구보다 잘 압니다. 무언가 정해진 답이 있을 순 있어요. 하지만 그게 우리의 예상 범위를 벗어나진 않을 겁니다. 만약 무언가가 일어난다 해도 그것은 곧 골드 드래곤의 도움을 받았다는 것. 시민이 그런다는 건 정신이 나갔다고밖에 볼 수 없으니 그 또한 나쁜 일은 아니죠."

"알겠습니다."

한시민은 본능적으로 쌓아놓은 걸 유지하는 건 잘한다. 하지만 다시 딛고 올라서는 건 단순한 본능의 문제가 아니다. 치밀한 계획과 먼 미래를 보는 능력이 필요하다.

그런 의미에서 켄지는 그걸 성공했고 당연히 밑에서 올라오는 자들의 생각쯤은 꿰고 있다.

거기에 더불어 많은 돈을 지불하며 얻은 정보들은 한시민의 거의 모든 전력을 알려주고 있다.

"기껏해야 잠시뿐인 발악이 될 것입니다. 그때는 오히려 저희에게 콘텐츠로 활용할 수 있는 더없는 기회이니 지금은 뒤도 보지 말고 스펙 업에만 몰두하라고 모든 길드원에게 전하세요."

"네, 길마님."

언제나 그렇듯 켄지는 자신감이 넘쳤다.

그리고 그 자신감이 한시민에겐 통하지 않았다는 사실을 이번에도 외면했다.

세상은 이제 대신전을 중심으로 돌아갔다.

황제의 권력은 여전히 대단했고 제국의 위상이 떨어진 건 아니었다. 다만 그보다 신을 믿는 대륙에 강림한 천왕의 대리인이 더 대단한 존재감을 가지고 있었을 뿐이다.

황제조차 함부로 대할 수 없는 신의 대리인, 교황.

그런 교황이 직접 움직이며 정치에 참여하는 상황이 벌어진 것은 대륙 역사상 처음이다.

대신전과 황실은 항상 팽팽한 균형을 유지해 왔지만, 이번 마왕 사건에 있어서 황실 또한 그 책임의 눈초리를 피해갈 수 없었기 때문에 벌어진 일.

대신전은 끝도 없이 세력을 펼쳐 나갔고 황실은 침묵했다.

그게 황제가 정말 마왕과 함께 다니는 사위를 둔 것에 대한 눈치를 보는 것인지 아니면 무슨 꿍꿍이가 있는 것인지는 누구도 알지 못했다.

하지만 결과적으로 켄지를 필두로 한 세력이 이제는 제국을 직접적으로 위협해도 이상하지 않을 정도로 커졌다.

제국을 마음에 들어 하지 않고 제국의 그늘에서 벗어나고 싶어 하던 왕국들이 대신전이라는 주축의 그림자 밑으로 들어갔기 때문.

제국은 쳐내려면 지금 쳐내야 했다. 하지만 쉽지 않았다.

켄지는 단순히 계산대로 움직이는 NPC가 아니다.

특히 그는 세상을 쥐락펴락하는 기업의 대표다. 사람과 사람 사이의 묘한 긴장을 유지하는 법은 세상에서 제일이라고 자부한다.

그렇게 특별한 전쟁이 일어나지 않았음에도 대신전의 세력과 발언권이 제국을 뛰어넘는 역사에 길이 남을 일이 벌어졌다.

그런 우중충한 분위기 속, 황실에 찾아든 은밀한 그림자가 있었다.

7

황실의 분위기는 대륙의 분위기가 그렇게 흘러가고 있어도 크게 달라지지는 않았다.

그게 절대자의 여유다.

대륙에 신이 개입한 뒤 신권이 올라가고 왕권이 떨어졌음에도 자신 있다. 언제든 다시 대륙을 지배할 수 있다는 뜻이었다.

그리고 그건 결코 허황된 자신감만은 아니었다. 실제로 제국은 작금의 상황에서 어떠한 타격도 입지 않았다.

한시민의 장인, 한시민과 결혼한 사이인 황녀가 존재함에도 교황이 된 켄지를 더불어 대륙의 그 어떤 왕국도 감히 먼저 황제에게 마왕과 연관된 악마 한시민을 죽여야 한다는 말을 꺼내지 못했으니까.

하고 싶지 않아서 안 한 게 아니다. 누구나 가장 먼저 생각한 게 그것이었을 것이다.

오랜 시간 대륙을 정복하고 독재한 황제의 몰락.

'그 이후의 세상엔 적어도 내가 먹을 떡은 하나라도 있겠지' 라고 생각하는 사람들이 대부분이기에.

하나 그러지 못하는 이유는 켄지가 나서지 않는 이유와 같다.

그 이유만으로 건드리기엔 제국은 너무나도 굳건하다.

제국은 흑마법사들과의 전쟁에서도 승리했고 마족들과의 전쟁에서도 많은 힘을 보탰으며 한시민을 쳐내는 데 어떠한 손을 들어주지도 않았다.

명분도 없고 힘도 부족하다는 뜻이다.

무엇보다 제국을 무리해서 치면 마족들에게 뒤통수를 맞을 수 있다는 점을 염두에 두어야 하는데 그걸 감당하고 칼을 뽑을 이는 없었다.

당장 뿔뿔이 흩어진 수만의 마족들이 함께 모여 저항하던 그때보다 더 많은 피해를 야기하고 있는 상황.

어쨌든 이렇게 여러 복합적인 요소들이 더해져 황실은 태풍의 눈처럼 평화를 유지했다.

그가 오기 전까진.

"……."

"장인어른, 오랜만이에요."

"으음."

황제는 딱히 지금의 상황에 불만은 없었다. 말했듯 여유가 있었고 대륙에 있어 그리 나쁜 상황도 아니니까.

마족들이 설치고 다니며 대륙의 주인이 인간이네 마족이네 싸우는 것보다 신의 영향력이 조금 더 강해져 마족이 대륙에서 영영 사라지는 편이 더 좋다.

하나 지금처럼 눈앞에 나타난 불청객과의 조우는 마음에 들지 않는다.

"뭐예요, 그 표정은? 마왕이라도 본 것처럼."

"한창 도망쳐야 할 놈이 눈앞에 나타나니 당황스럽군."

"에이, 도망은 잘못한 놈이 치는 거죠."

"……."

그리고 여전히 뻔뻔하게 내던지는 죽빵 열 대쯤 처맞아도 할 말 없는 발언들.

"마왕과 결탁하고, 나와 황녀, 신전과 대륙을 속인 주제에 그런 말이 나오느냐."

해서 황제는 물어봤다.

딱히 분노라던가 그런 감정은 들지 않았다.

마왕과 손을 잡아 대륙을 위기에 빠뜨린 자신을 속여 먹은 놈이라는 감정보다는 그와 함께하며 보았던 한시민의 본성이나 진심 같은 것들이 황제에게는 조금 더 진정성 있게 다가왔으니까.

두 쪽 모두 별로라는 건 변함이 없지만 그래도 아예 상종 못할 인간은 아니다.

인간의 본질, 돈을 향한 집착, 그를 위한 마왕과의 결탁.

얼마나 순수한가.

대륙을 평화로 이끌고 독재하는 황제의 입에서 나올 말은 아니지만 그런 비슷한 위치에 있다 보니 황제는 이해할 수 있었다.

"그래서 많이 벌었나?"

"벌긴요. 기반 다 털리고 도망 다니는 신세에. 그냥 마지막 뽕이나 뽑고 다른 밥벌이 찾으려고 여기까지 온 거예요."

"마왕은?"

"혼자 왔죠. 힘도 못 쓰는 마왕 데리고 다니다가 인생 조질 일 있어요?"

"……왜 그랬지?"

이해할 수 있었기에 더 진솔하게, 순수한 의문으로 한 걸음 다가설 수 있었다.

사실 세상에서 가장 의미가 없는 질문이기도 하다. 악당에게 왜 악당이냐고 묻는 꼴이나 다름이 없으니.

저마다 가치관이 있고 신념이 있는 법. 황제가 대륙을 독재하고 통치하고 있듯 한시민도 개인의 생각이 있어서 그렇게 하고 있는 것일 뿐이다.

역사가 증명해 주듯 승자가 모든 걸 만들어 가는 세상인 만큼 누가 옳다고 할 수 없는 노릇.

그런 상황에서 던지는 질문은 그나마 한시민이 패배로 향하고 있기 때문에 할 수 있는 것. 어찌 보면 예민한 질문일 수도 있다. 하지만 한시민은 덤덤하게 대답했다.

"재밌잖아요. 마왕도 예쁘고. 여기가 진짜 현실이었다면 더 세 보이는 놈 빨았겠지만 여긴 뭐 게임인데 내가 꼴리는 대로 하는 거죠. 실제로 마왕 쪽이 훨씬 조건도 좋았고 어쩌다 빌어먹을 돈 몇 푼에 켄지를 천계로 보내서 이렇게 됐지만. 아, 돈 몇 푼은 아니지."

이마저도 흥미 있다는 표정.

황제에게서 보이는 여유가 한시민에게서도 보이고 있었다. 그건 아마도 판타스틱 월드에서 모든 걸 잃어도 현실에 존재하는 헤아릴 수 없는 자산 덕분이겠지.

망해도 처음부터 다시 시작할 수 있다는 자신에 대한 자신감도 넘치고.

"알았다."

가볍지만 진솔한 답변에 황제는 고개를 끄덕였다. 어이가 없을 정도로 성의 없지만 이상하게 납득이 되었다.

그동안 궁금했던 점을 알게 된 황제의 표정이 조금 누그러졌다. 그러나 여전히 한시민과의 자리가 불편한 건 변함이 없었다.

"왜 왔지?"

"우리 아기는 어디 갔어요?"

"……."

이렇게 장난스러운 표정으로 똥 씹은 얼굴이 된 자신을 놀려 먹는 놈과 함께하는 시간이 달가울 리가 없으니까.

"농담이고, 거래를 제안하러 왔어요."

"거래라."

마지막까지 황제를 놀려 먹은 한시민이 그제야 본론을 꺼냈다.

진중하고 진지한 표정으로.

황제도 찌푸렸던 표정을 풀고 대륙의 황제로서 한시민 앞에 섰다.

"조만간 켄지하고 왕국들의 세력이 제국을 칠 거라는 것쯤은 예상하고 계시겠죠?"

곧장 이어지는 거래에 대한 서두.

황제는 고개를 끄덕였다. 하나 한시민이 원하는 대답은 내주지 않았다.

"알지만 겁나지 않는다."

"그러시겠죠. 제국은 여전히 제국이고 제국을 옹호하는 왕국 또한 많으니까."

"대륙을 지배할 힘이 없다면 억지로 지키고 있는 것 또한 말도 안 되는 이야기."

평생 변치 않을 황제의 신념이다. 굳건한 철벽. 한시민 또한 표정이 변치 않았다.

"그런데 언제까지 그러실까요?"

"……?"

"1년, 2년. 시간이 지나고 또 지나도 계속 막을 수 있을 것 같아요? 당장 1년 전, 아니, 2년 전 모험가가 나왔을 때 폐하는 모험가가 이렇게 제국의 자리를 위협할 거라고 예상할 수 없었겠죠. 그런데 지금은 그 모험가가 교황의 자리에 앉아 마족을 내쫓고 대륙의 영웅이 되어 제국의 자리마저 위협하려 하고 있어요. 실제로 그만한 힘도 가지고 있고. 그런 상황에서 급하지 않게 세력을 모은다면? 모험가들이 힘을 더 키운다면? 1년, 2년이

지나도 계속 제국이 제국으로 있을 수 있을까요?"

준비한 팩트가 워낙 묵직했기 때문이다.

미래. 지금이야 제국은 정세가 많이 변한 상황에서도 선불리 건드릴 수 없는 굳건한 철벽이지만 그게 언제까지 갈지는 누구도 모른다.

당장 한시민의 말처럼 1년 전만 해도 왕국들이 감히 제국을 넘볼 날이 올 것이라고는 누구도 예상하지 못했다.

제국의 말 한마디에 온몸을 떠는 일이 비일비재 했던 것을 생각하면 더더욱 그렇다.

모험가들이 대륙을 움직이는 시대, 그런 시대가 오고 있다.

이제 대륙의 주민들은 모험가들이 어떻게 크지 못하게 막느냐의 문제가 아닌, 어떻게 자신을 발전시켜 도태되지 않고 대륙을 모험가들에게 넘겨주지 않느냐에 대한 고민을 해야 할 때다.

정곡을 찌르는 말에 황제가 물었다.

"그래서 어떻게 돕겠다는 것이냐. 여기서 네놈과 동조하는 순간 제국은 돌이킬 수 없는 파멸의 길을 걷게 된다."

"네, 그래도 뭐 어쩌겠어요. 1년 뒤, 2년 뒤에 퇴물 소리 들으며 처참히 짓밟히는 것보단 지금 지더라도 역사서에 한 줄 정도는 멋지게 적힐 악당이 되는 게 낫지 않겠어요?"

"……."

"황녀도 그렇게 생각할 거 같은데."

"어디 한번 말해 보라."

한 번 묻는 게 어려울 뿐.

황제는 미끼를 물어버렸다.

한시민은 나름 비장의 카드를 내던진 셈이다.

마지막 희망이랄까.

황제에게 마치 잘 아는 듯 내뱉은 말들도 사실 한시민의 머릿속에서 그려지는 뇌피셜을 조합해서 그럴듯하게 소설을 써 내려간 것뿐이다.

물론 그게 어느 정도 신빙성도 있고 과거의 정보를 토대로 판단해 보면 그럴듯하니 황제가 속아 넘어간 것이고, 또 혹시 모른다. 진짜 그렇게 될 수도.

거기에 진심도 조금 섞이니 황제는 흔들렸고 무엇보다 황녀를 들먹이며 대륙 그 누구에게도 약한 모습을 보이지 않는 황제가 유일하게 약한 황녀를 떠올리게 만든 것이 이번 작전의 키포인트였다.

"말해 보라."

어렵게 기회를 만들었고 남은 건 설득뿐이다.

"그냥 솔직하게 말씀드릴게요. 폐하도 아시다시피 전 마왕이고 천왕이고 상관없고 돈만 잘 벌면 장땡인 사람이에요. 물론 그러려면 모험가인 입장에서 생각했을 때 마왕과 마족에게 대륙을 팔아먹는 것보단 인간이 대륙을 지배하는 쪽이 훨씬 편하고 벌 수 있는 돈이 많다는 건 폐하도 알고 계시니 저랑 대화를 나누고 있는 것이겠죠."

"그래서?"

"그래서 편하게 속 시원히 폐하의 편에 서서 다 물리치겠습니다. 마족이고 대신전이고 전부 깡그리 치워 버리고 다시 제국이 대륙을 지배하는 세상을 만들겠습니다."

"어떻게?"

"준비야 항상 돼 있죠. 몸을 숨기고 있는 동안 계획도 다 짜놨고 비장의 무기도 있습니다. 필요한 게 있다면 뒤를 받쳐 줄 세력. 혼자서 대륙 전체와 싸우고 싶은 마음도 없고 힘도 없어요."

"흐음."

"마족들은 어차피 나올 때만 잡아 족치면 돼요. 대신전의 입장과는 달리 폐하에겐 마족이 박멸당하는 쪽보단 대륙 어디에선가 존재하는 쪽이 통치하기도 좋겠고요."

"맞다."

"대신전도 치고는 싶은데 못 하실 테죠. 저만 믿으세요. 어차피 마왕과 결탁한 마당에 뭐가 꿇리겠어요."

"민심은 어쩔 거지?"

설득은 쉽고 빠르게 진행되었다.

애당초 생각이 없었으면 황제는 한시민과의 대화를 애초에 진행하지도 않았을 테니까.

해서 마지막 질문은 가장 중요한 문제였다.

한시민이 제안한 건 거래.

지금까지는 한시민이 더 이득을 보는 거래였다. 황제가 얻게 될 것들도 나열했지만 그건 자연스럽게 따라오는 부수적인 것들.

직접적으로 황제가 누릴 보상이 필요하다. 아니, 황제에겐 리스크 없는 보상이 가장 좋은 보상일 수 있다.

그러기 위해 해결해야 할 최종적인 문제.

해결하기 힘들 정도로 골치 아픈 내용이기도 하다. 마왕과 손을 잡은 모험가와의 협력. 그로 인한 대신전의 몰락.

그게 가능한지는 아직 모르지만 어쨌든 결과적으로 그렇게 된 이후의 그림은?

황제가 더 이상 정의를 내세우며 대륙을 통치할 수 있을 것인가.

그게 불가능하다면 이 대화는 아무짝에도 쓸모가 없다.

"걱정 마세요. 그건."

하나 한시민은 가장 중요한 문제에 있어 가장 간단하고 자신감 넘치게 대답했다.

"이제부터 에피아는 마왕이되, 천왕보다 인간에게 친근한 이미지로 다가갈 테니까."

8

마족들은 열심히 도망 다녔다.

"우린 결코 져서 도망가는 게 아니다."

"비겁한 인간들."

"전투 종족은 현명하게 전투를 이기는 법. 무식하기 짝이 없는 인간들을 상대로 그들의 방식대로 미개하게 싸워줄 필요가 없지."

절대 진 건 아니다. 2차전에 돌입했을 뿐이다.

수만의 마족 중 살아남은 건 기껏해야 반도 안 되지만 마족들은 여전히 이길 수 있다는 자신감이 흘러넘쳤다.

물론 그와는 별개로 발걸음은 다급했지만.

"인간이다!"

"이런! 어디, 어디?"

"몇 명이야?"

"강해?"

"열댓 명. 느껴지는 마력은 얼마 없다."

"휴."

"이런 건방진 인간들. 개나 소나 다 까부는군."

"바쁘지만 저런 건방진 인간들을 처치하고 갈 시간쯤은 충분하지."

"잠깐 정리하고 갈까?"

"그러다 다른 인간들이 오면?"

"함정일 수도 있잖아."

"주변을 조금 둘러보고 오면……."

"아냐, 시간이 없어. 인간들도 너무 영악해서 자기 동족을 내던지고 우리를 잡으려는 수작을 부린다고 들었다."

"한주먹 거리도 안 되는 놈들을 두고 가야 하다니."

"우리에겐 저런 잡종 인간들을 잡는 일보다 더 중요한 일이 많이 밀려 있다."

"그래, 마왕님을 찾아서 보필해야지."

"나아가 진짜 적은 천족들. 천족들의 개가 되어 생각 없이 무기를 휘두르는 인간들에게 시간을 빼앗길 틈이 없어."

마족들의 자신감은 점점 떨어졌고 마구잡이로 설치고 다니는 일개 어중이떠중이 유저들마저도 마족들에게 접근해서 살아오는 일이 많아졌다. 마족들은 처음 대륙에 왔을 때보다 보다 신중해지고 조심해졌다.

당연한 이야기지만 마족들도 알고 있다. 자신들의 행동이 도망치는 것이라는 걸. 굳이 생각하지 않아도 마계에선 이를 명백히 패배로 인정하고 누군가 조롱한다 하더라도 누구도 손가락질하지 않고 오히려 조롱하는 자의 편에 서기에 모를 수가 없다. 자체적인 수치랄까.

그런 자기 위안 속에서 반발하는 마족들도 분명 있었다.

"우리가 언제까지 이렇게 도망만 쳐야 해!"

"맞아. 죽을 때 죽더라도 빌어먹을 인간들 더 잡고 간다."

"마왕님은……."

"마왕님 또한 어디선가 인간들을 끝까지 학살하고 계실 거다!"

"맞아, 마왕님의 의지를 받든다!"

평소엔 어떻게든 마왕의 목을 따고 자기가 마왕이 되는, 되도 않는 꿈을 꾸며 사는 마족들이지만 오늘만큼은 마왕의 이름으로 용기를 얻어 목숨보다 귀한 자존심을 지하 깊숙이에서 꺼내기 위해 어깨를 편다.

그리고 물색한다. 만만한 인간들을.

"어? 저기."

"몇 명?"

"얼마 안 된다, 둘."

"인간이네."

"마력도 그리 느껴지지 않아."

"함정일 가능성은?"

"여긴 인간들이 쉽게 접근하지 못하는 곳이잖아. 느껴지는 마력도 없다."

"그래도 여기까지 온 거 보면 뭔가 있는 인간일 수도 있다."

"우린 다섯이야."

"그래, 이길 수 있어."

"죽이자, 죽이고 가죽을 벗겨 다른 인간들에게 다시금 경고하자. 다시는 마족을 깔보지 못하게."

"그래."

자존심을 회복하기 위한 최적의 조건을 갖춘 무리를 찾은 마족들은 숨어 있다가 날개를 활짝 펴고 날아올랐다.

그들에게 감히 까불 인간이 없다는 자신감에서 나오는 행동!

자연스럽게 두 인간의 시선이 마족들을 향했다.

"후후."

자, 보여라. 겁먹은 표정을!

의기양양함과 함께 인간들의 시선을 마주한 마족들은 흠칫할 수밖에 없었다.

"뭐, 뭐야."

웃고 있었기 때문이다.

"얘들아! 좀 내려와 봐. 형이 할 말이 있어."

반갑게 손을 흔들며 말하는 남자와 함께 무언가 잘못되었다는 걸 느낄 틈도 없이 마족들의 등 뒤로 거대한 그림자가 드리웠다.

10

오랜만에 한시민의 방송이 켜졌다.

근 한 달이 넘는 시간만의 방송.

광고를 거의 날로 먹는다 해도 무방할 정도로 쉬었음에도 한시민의 방송엔 여전히 많은 광고가 시청자들을 반겼다. 그리고 평소보다 많은 시청자가 광고를 뚫고 들어와 채팅창을 도배하기 시작했다.

궁금할 수밖에 없다. 지금은 많이 잊혀졌지만, 항상 궁금했었으니까. 뭐하고 살까. 혹시 반전을 꾀하고 있지 않을까.

굳이 신경 써서 고민을 해볼 정도는 아니지만 가끔 생각이 날 정도로 한시민은 어느새 판타스틱 월드에서 영향력을 뽐내는 중이었다.

뭐랄까, 전설의 귀환이랄까. 별로 관심이 없는 사람도 비싼 돈을 투자해 방송을 찾을 만큼 화제가 될 만한 일이었다.

게다가 시국도 시국이지 않은가.

켄지에 의해 삼켜지려 하는 대륙. 마족들의 저항도 슬슬 사그라지고 있는 상태. 그런 상황에서 변수가 될 무언가는 시청자들과 게임을 플레이하는 유저들에게 아주 훌륭한 자극제가 된다.

혹여 그로 인해 게임이 좀 더 혼란에 빠지고 대륙에 활기가 돈다면 그 나름대로 게임을 즐기는 데 있어 아주 훌륭한 동기가 될 테고.

평화를 사랑하는 유저들도 많지만 게임에서 이런 혼란을 즐기는 유저는 더 많다. 그래서 한 달간의 공백에도 불구하고 그 동안의 빈자리를 메울 정도의 엄청난 시청자가 몰렸다.

그리고 송출되는 화면. 인사라도 한마디 해줄 법한데 화면에 보이는 장면에 한시민은 없었다.

그 대신 보이는 것은 아름다운 한 여성과 다섯 마족.

-에피아다.

-뭐지? 마족들은?

-드디어 접선하는 건가?

그녀를 모르는 시청자는 없었다.

-사실상 에피아만 잡으면 대륙의 영웅은 막타 치는 놈 거 아니냐?

-그런데 최종 보스가 마왕이 맞긴 하냐? 난 왜 시민이가 최종 보스 같지?

-뭐……. 시민이가 최종 보스 같은 느낌은 나도 인정.

-그래도 어쨌든 지금 메인 퀘스트는 에피아를 잡는 거니.

-그런데 뭐 하는 거냐.

당연히 관심이 쏠렸다.

오랜만에 켜서 내보이는 화면이 다짜고짜 마왕과 마족들이라니.

현 대륙에서 사람들이 켄지보다 더 관심을 갖고 있는, 아니, 자고 일어나면 검색하는 두 단어 중 하나가 아닌가.

숨어든 마족들은 이 위기를 어떻게 넘길 것인가. 힘을 잃은 마왕은 한시민과 켄지에게 역습을 할 수 있을까.

사실 말도 안 되는 관심이긴 하다. 악당 따위에게 이런 무한한 관심이라니.

이게 다 외모 지상주의 때문!

그런 뒤틀린 관심 덕에 시청자 수는 계속해서 늘어났다.

여기엔 이미 한시민이 마계 에피소드에서 보여준, 영화로 출품해도 될 정도의 훌륭하고 탄탄한 스토리가 그의 신용을 보증해 주고 있기 때문이기도 했다.

-딱 봐도 스토리 삘이다.

-몇 시간짜리일까.

-난 일단 씻고 반차 내고 치킨 시키고 누웠다.

-그냥 얼굴만 봐도 행복하다.

그렇게 한 달 만에 켜진 방송에서는 뜬금없는 영화가 시작되었다.

하늘하늘한 원피스를 입은 소녀는 다섯의 거대한 마족 앞에서 흩날리는 한낱 꽃잎처럼 연약해 보였다.

하지만 마족들은 선불리 소녀에게 다가가지 못했다.

"마, 마왕님?"

다섯 마족 중 그녀의 얼굴을 알아보는 이가 있었기 때문.

"마왕님이라고?"

"저 꼬맹이가?"

"분명 한 번 뵈었던 모습이긴 한데……."

그렇다면 당장 부복하고 시선을 깔아야 한다.

하지만 마족들은 그러지 않았다. 마왕이라기엔 느껴지는 무언가가 없었기 때문.

"흑마력이 느껴지지 않는데?"

"그러니까……."

생김새는 마족에게 있어 존재의 증명이 될 수 없다.

오로지 흑마력. 모든 걸 결정짓는 신분증 같은 그 존재가 소녀에게서 느껴지지 않는다.

그렇다면 마왕이 아닌 것이다. 마왕이 아니게 된다면 소녀는 더 이상 마족들로부터 자비를 바랄 수 없다.

하나 마족들은 그 사실을 누구보다 잘 알고 있음에도 선불리 다가서지 못했다.

"……."

결코 드래곤에 의해 강제로 땅에 떨어졌기 때문이 아니다. 드래곤은 그들을 바닥으로 강제 착륙시킨 뒤 유유히 자리를 떠났다.

그들의 눈에 보이는 건 그들에게 건방지게 손을 흔들던 인간 하나와 눈앞의 소녀.

죽이는 게 맞다. 그러려고 모습을 드러내지 않았는가. 그럼에도 그러지 못하는 이유는 단 하나.

너무나도 여유로운 표정의 소녀 때문.

소녀는 팔짱을 낀 채 매혹적인 미소를 짓고 그들을 훑는다. 흑마력이 하나 담기지 않은 눈빛이었음에도 이상하게 마족들의 온몸에 소름이 돋는다. 눈빛이 닿는 곳이 타들어 가는 것 같은 느낌마저 든다. 그렇기에 헷갈리는 것이다.

그럴 땐 두 가지 방법이 있다.

직접 몸으로 부딪쳐 느껴보거나.

"저, 정말 마왕님이십니까."

"그렇다면?"

"……."

평화적으로 인간답게, 아니, 마족답게 대화로 푸는 것.

마족들은 후자를 택했다. 에피아는 그런 그들의 방식에 순응해 주었다.

"어째서 그런……."

"천왕의 계략에 속아 힘을 잃었다."

"……!"

"지금 힘을 되찾을 방법을 거의 찾았으니 마족들에게 알리도록 하라. 나, 마계의 여왕 에피아가 조만간 대륙을 정복하고 천계를 쑥대밭으로 만들러 간다고."

"……."

그리고 이어지는 소녀의 포부.

말투가 상당히 가식적임에도 보는 사람들은 침을 삼킬 수밖에 없었다.

무표정에서 흘러나오는 아름다움과 더불어 뚝뚝 떨어지는 냉기는 그녀가 설령 무슨 말투를 썼더라도 어울리게 만들어줬을 테니까.

게다가 카리스마도 넘쳤다. 저도 모르게 고개를 끄덕일지도 모른다는 생각이 절로 드니.

하지만 마족들도 녹록지 않았다. 에피아의 말에 잠시 흠칫했을 뿐 부복한다든지 무언가 반응이 나오지 않았다.

“힘을, 잃었다?”

다만 말이 짧아졌을 뿐이다.

에피아가 고개를 끄덕이자 그들은 서로 눈빛을 교환했다. 그걸 본 에피아의 입꼬리가 말려 올라가며 피식 웃음이 터져 나왔다.

그리고 웃음이 채 끝나기도 전에 마족들의 몸이 영상에서 사라졌다.

어디 갔지?

시청자들이 채 인지하기도 전에 에피아의 눈앞에 나타난 마족들은 그대로 공격을 내질렀다.

퍽-

적당한 거리를 유지하고 있는 화면에도 생생하게 들릴 만큼 커다란 타격음과 함께 에피아의 몸이 실타래 끊기듯 튕겨져 나갔다.

“뭐야, 진짜 마왕 맞아?”

“너무 쉽게 끝나는데?”

그런 반응을 마족들도 예상치 못했는지 추가적인 공격은 들어가지 않았다.

"쿨럭, 왜……."

간신히 숨이 붙은 채 피를 흘리며 묻는 에피아. 마족들은 킬킬대며 대답했다.

"어차피 마계는 언제나 그랬듯 다시 균형을 유지하게 되어 있는데 뭐하러 지금 목숨 걸고 지켜? 일단 살면서 나중을 보는 게 낫지. 도망친 마족들 전부 그런 생각일걸? 그런 상황에서 이렇게 마왕까지 알아서 자리를 내주다니. 아직 지킬 힘은 부족하지만 잘 간직하면서 열심히 성장해 볼게. 고맙다."

빠른 태세 전환.

그리고 에피아에게 다가간다.

"역대 최강, 최악이라기에 무서워했는데 이건 순 이상한 사상에 빠져 있는 얼간이였잖아? 이러니까 천왕에게 마계를 빼앗기지."

한 치의 자비도 없이 내려치는 주먹.

그와 함께 1부 방송이 종료되었다.

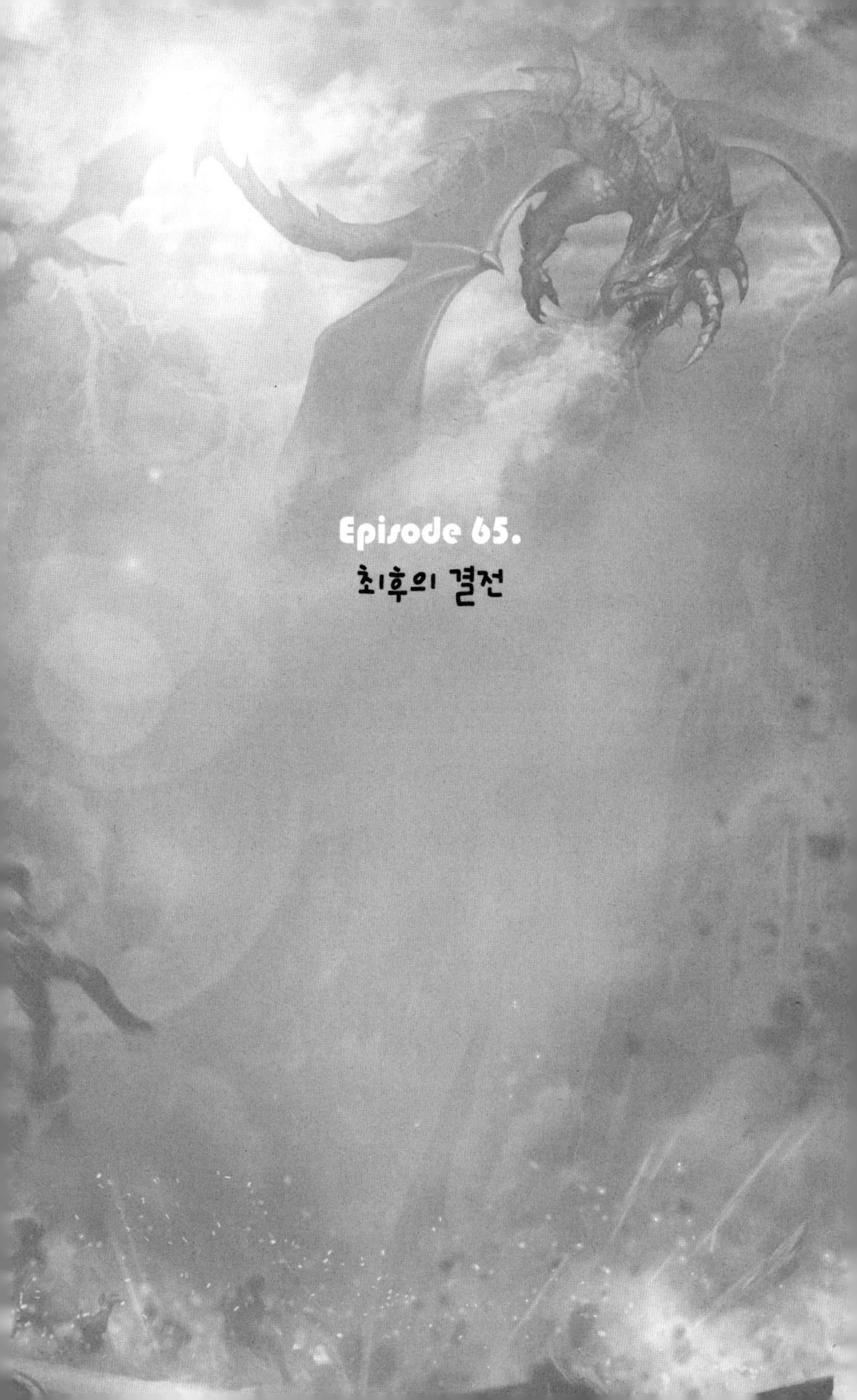

Episode 65.
최후의 결전

1

연기는 훌륭했다.

단지 상황이 일순간 뒤집어진 마족들만이 어리둥절하게 상황을 이해하려고 눈동자를 굴릴 뿐이었다.

물론 상황 파악이 쉽게 되지는 않았다. 아니, 될 리가 없었다.

분명 마왕에게는 흑마력이 느껴지지 않았고 그들이 내지른 공격에 튕겨 나갔다. 분명 그들의 추측이 확신에 가까워졌었다.

방심 또한 하지 않았다. 역대 최강의, 최악의 마왕을 앞에 두고, 서큐버스 여왕임을 인지하고 끓어오르는 성욕을 거의 없애다시피 한 채 한 치의 망설임도 없이 마지막 한 방을 내려

쳤으니까. 모든 게 완벽했다.

마왕이 될 수 있다는 기대에 흥분하지도 않았었는데 왜 이렇게 됐을까.

그 대답을 해줄 수 있는 이는 여기 존재하지 않았다. 내지른 주먹을 여유롭게 막은 채 입꼬리에 흐르는 한 줄기의 피마저 매혹적인 에피아에게 물어볼 수는 없는 노릇이니.

"어떻게……."

그럴 수 없다는 것을 알면서도, 하지만 마족의 입에선 그 말이 결국 흘러나오고 말았다. 도저히 납득하기 어려웠기 때문이다.

아무리 생각해도, 아무리 마족이 전투 민족이라지만 지능이 낮은 것은 절대 아니다. 그런 그들이 생각하고 또 생각해도 답은 나오지 않았다. 아니, 현실을 부정하고 싶었을지도 모른다.

이건 어려운 문제가 아니니까.

"뭐가 어떻게야. 그냥 에피아가 흑마력을 못 쓰는 척 연기한 거잖아. 이 등신들아."

"……."

어려운 문제가 아니기에 한시민은 누구보다 빠르게 마족들에게 현실을 인지시켜 주었다.

죽을 땐 죽더라도 궁금증은 풀어주겠노라 하는 배려.

마족들이 그제야 상황을 파악했다. 동시에 눈에 보이지도 않을 속도로 부복했다. 바짝 엎드려 시선은 바닥으로, 어떠한 공격이 들어와도 대처할 수 없는 무방비의 상태.

온몸이 흙투성이가 된 채 흐르는 피를 닦지도 않고 에피아가 자리에서 일어났다.

미소. 서큐버스의 치명적이고 매혹적인 미소엔 만족함이 담겨 있었다.

"오랜만이야, 이 힘."

그런 그녀의 왼손엔 한시민이 끼던 미지의 반지가 고고한 칠흑의 빛을 발산하며 존재감을 뽐내고 있었다.

한 달 동안 정말 많은 준비를 했다.

원래도 인생을 다 가져다 바칠 정도로 열정적인 게임을 했지만 이번엔 차원이 달랐다. 거짓말 하나 안 보태고 판타스틱 월드를 시작한 이래 이렇게 열심히 한 적이 있었나 싶을 정도로 모든 영혼을 다 바쳤다.

그렇게 주관적인 문제를 단순하고 명료하게 결정 낼 수 있었던 이유는 단 하나.

"진짜 이게 뭐라고, 시댕. 내 사비까지 써가면서 게임해야 하나 자괴감 들고 괴롭다, 하."

한시민이 자신의 통장에서 현금을 직접 인출해 게임에 질렀기 때문이다.

가지고 있는 게임머니를 현금으로 인출하지 않고 투자한 적은 있어도 직접 현금을 게임머니로 바꿔본 경험이 없던 한시민에겐 정말 많은 고민 끝에 힘들게 내린 결정.

요즘 같은 세상엔 현질하는 것이 아무렇지도 않게 받아들여지지만 한시민에겐 그렇지 않았다. 그에게 있어 현질은 곧 신념을 깨는 행위나 마찬가지니까.

게임은 언제나 돈벌이 수단이었다. 돈을 써서 이익을 내는 방식으로 게임을 하는 유저들도 있지만 어디까지나 한시민은 순수한 노력만으로 무언가를 뽑아내기 위해 게임을 플레이해왔다.

이를 테면 일방적인 소통.

돈을 인출할 수 있는 건 현실뿐이다. 현실에서 게임으로 돈을 쓰는 건 정말 할 짓이 너무 없고 돈이 썩어나는 사람들만 하는 짓이다.

그런 생각을 갖고 살고 있었는데 그걸 본인이 깼다.

"하아."

물론 마음이 힘들 뿐 통장 잔고가 힘든 건 아니었다.

여전히 한시민은 통장에 천억 단위의 돈이 쌓여 있고, 현금을 모두 쓴다고 한들 가지고 있는 부동산들로 인해 통장은 빠르게 채워질 것이었다.

더군다나 지금 실시간으로 방송을 통해 벌어들이는 돈만 해도 그가 현질로 소모한 돈보다 훨씬 많을 테니까.

그렇기에 지금 징징대면서도 게임을 할 수 있는 것이고.

"어쨌든 모든 걸 걸었으니까."

무엇보다 마지막 전쟁을 치르는 그의 마음가짐은 지금까지와는 조금 달랐다.

손해를 조금 보더라도 게임의 마지막이 될지 모르는 이 시점에서 지지 않겠다. 달리 말하자면 게임이 망하더라도 켄지가 다 해 처먹는 꼴은 보지 못하겠다. 아주 훌륭한 인성을 토대로 한 마음가짐엔 돈이 따랐다.

그가 돈을 쓴 결과가 이것, 제약을 가진 에피아의 흑마력 사용이었다.

제약 자체를 푼 건 아니다.

"어떤가, 쓸 만하지 않은가."

"그래, 칭찬 포인트 30점 줄게."

"……! 이제 20점만 모으면 된다."

"알았어. 인마, 계산 잘 하고 100점 되면 말해. 하트 바로 줄 테니까."

카르디안에게 적용된 제약을 푸는 방법을 응용했을 뿐이다.

일시적인 제약 해제.

저주가 걸린 카르디안과 차원을 넘으며 힘을 봉인 당한 에피아와 같을 리가 없겠지만 그보다 더한 흑마력 공급에 에피아는 조금이나마 흑마력을 사용할 수 있게 되었다.

"하아."

거기에 들어간 모든 노력과 들어가고 있는 돈을 생각하면 여전히 한숨이 나왔지만.

"쓸 때마다 돈이 들어가는 이런 무식한 쓰레기를 내가 쓰고 있다니."

"그래서 얼마 충전한 거야?"

그런 한시민의 모습에 숨어 있던 스페셜리스트가 나오며 물었다.

강예슬의 천진무구한 질문. 그 질문 속에 담겨 있는 현질러의 여유. 자연스럽게 팔짱을 끼며 애교 있게 묻는 눈빛엔 대견함이 가득했다.

"한 100만 원? 200만 원? 처음엔 원래 10만 원 하는 것도 힘든데, 원래 다 그렇게 하는 거야. 헤헤, 난 그래도 처음부터 꽤 많이 한 편이라서. 설아 언니, 내가 그때 얼마 했었지? 처음 게임해서 2천만 원인가?"

결혼을 염두에 둔다면 현질하는 남친은 그리 좋은 대상은 아니다. 하지만 그걸 감당할 여유가 되고 한시민은 하라고 해도 안 할 것을 알기에 이렇게 물어볼 수 있는 것. 얼마나 현질했는지 듣고 놀라주는 척이라도 해줘야지 마음먹고 묻는 질문에 한시민이 고개를 저었다.

"내 입으로 담고 싶지 않은 숫자야."

"뭐야, 진짜 한 천만 원 했어?"

"시민 씨가요?"

"웬일이냐."

하나 장난으로 물은 질문에 진지한 대답이 돌아오자 스페셜리스트가 놀라 되물었다.

진짜인가?

진짜라고 믿을 수 있는 상황이긴 하다. 확실히 이 상황을 뒤집기 위해선 어지간한 수로는 힘든 게 사실이니까.

대륙 전체와 싸워야 한다는 마인드로 교황이 된 켄지와 싸워 이겨야 한다는 조건까지 붙어 있고.

상황이 상황이니만큼 솔직히 얼마를 현질했던 지금 상황에서 뭘 할 수 있을까에 대한 의문도 들긴 했다. 한시민의 옆에서 같이 준비했던 입장에서 한 달 동안 분명 입이 떡 벌어질 정도의 많은 발전이 있긴 했지만 이걸로 대륙을 평정할 수 있을까에 대한 의문엔 고개가 갸웃해지니까.

그 의문을, 한시민은 단 한 마디로 정리해 주었다.

"천억."

"……?"

"응?"

"65만 골드. 미친 중개업자 새끼들 수수료를 16,000골드나 처먹었어."

"……."

"……."

애당초 한시민은 남들과 생각이 다른 인간이었다.

2

사람들은 말한다. 스펙 업은 효율적으로 해야 한다고.

실제로 같은 200만 원을 써도 현재 스펙보다 2배 이상 강해지는 사람이 있는 반면, 같은 조건에서 같은 200만 원을 써도 이게 돈을 쓴 건지 땅바닥에 버린 건지 이해가 되지 않는 사람도 나온다.

게임에 경제 용어를 쓴다면 기회비용.

그런 면에 있어 한시민은 전문적으로 배우지도 않았고 판타스틱 월드를 분석하며 게임하지도 않았지만 그 자신에게 있어 지금 상황에서 어떤 식으로 돈을 써야 강해질 수 있는지 누구보다 잘 알고 있었다.

"어쩔 수 없었어. 지금 이기려면 에피아가 힘을 찾아야 해."

"……그건 그렇죠."

그리고 그 선택은 스페셜리스트도 동의하는 바였다.

물론 가장 좋은 방법이자 가장 확실한 스펙 업은 빼액이를 활용해 무차별 마법을 난사하는 길이다. 하지만 거기엔 효율이 결여되어 있다.

이 전쟁이 언제 끝날지도 모르는 마당에 그런 식으로 한 번에 10만 골드가 넘는 돈을 써버리다가는 정말 지금까지 모은 돈을 다 쓰는 것도 모자라 거지가 되어 뭣 하나 건지지도 못한 채 게임을 접어야 하는 상황까지도 올 수 있다.

"에피아가 힘을 쓸 수만 있다면 마족들을 묶어 움직일 수 있고, 그럼 가망성이 있겠네."

"하지만 마왕의 편에 서서는 결코 대륙을 손에 넣을 수 없지 않나요?"

"맞아, 황제한테도 마왕만 떼어내 오겠다고 했잖아."

"네."

한시민의 머리는 여전히 복잡하다.

하지만 복잡한 와중에도 결론까지는 다 짜 놨다.

[+12 마계의 반지]

* 등급: Legendary

* 착용 레벨: 50

* 특수 옵션 1: 두 쌍의 반지 착용자들 간 생명력, 마력 공유

* 특수 옵션 2: ??

"이 반지로 에피아가 힘을 쓸 수 있으니까 그걸로 판 짜고……. 마지막 전쟁은 천왕과 마왕 컨셉으로 켄지랑 1:1로 붙으면 어떻게든 될 거 같아요."

"63만 골드면……."

"충분하길 바라야죠. 그치, 에피아?"

"노력해 볼게."

"아니, 노력만으론 안 돼. 무조건 아끼고 또 아껴."

"……."

한시민이 준비한 모든 것이자 밑천이다. 공개되면 절대 안 될 일급비밀.

그걸 함께 들은 마족들이 흠칫했다. 시선들이 다시금 그들에게 왔기 때문이다.

"들었지? 너희들이 얼마나 잘해주느냐에 따라 천족들을 엿먹일 수 있느냐 없느냐가 결정된다고."

"돌아가 전하라."

"예, 명을 받듭니다."

약점을 들었음에도 부복한 마족들의 태도는 변하지 않았다. 그건 그들에게 중요치 않기 때문이다.

중요한 건 조건부라도 마왕이 힘을 되찾을 수 있다는 것.

마족들은 명령을 수행하러 가기 위해 자리에서 일어났다.

"아아, 잠깐."

그런 그들을 한시민이 붙잡았다.

"2부는 찍고 가야지."

2부가 공개된 이후.

대륙은 불타올랐다. 원래도 불타오르고 있었지만 거의 종지부를 찍는 영상이었다.

-뭐야, 이거?

-실화냐?

-아니, 잠깐. 이거 실화면 어떻게 되는 거?

-그럼 이거 천왕이 마냥 좋은 놈은 아니라는 거잖아.

혼란과 혼돈.

-쯧쯧. 매번 속고도 모르냐. 주작이잖아.

-저걸 속는 애들도 있구나.

그 속에서 분열되는 논란.

-왠지 천왕 생긴 거부터 그런 히든 퀘스트 있을 것 같더라.

-와, 그럼 에피아는 처음부터 진짜 대륙 먹을 생각은 조금도 없었던 거네? 하긴, 그럴 생각 있었으면 천왕 노릇 할 때부터 수작 부렸겠지.

그리고 여론이 기울어짐에 따라 변화가 생겼다.

-메인 퀘스트 떴다, 미친.

그것은 돌멩이였다.

작은 호수, 아니, 넓은 바다를 흘러넘치게 할 돌멩이.

3

기본적으로 판타스틱 월드의 퀘스트 시스템은 즉흥적이다. 기존에 만들어져 있는 퀘스트 외에 유저의 행동 방식과 NPC의 패턴이 맞물려 즉석에서 생겨나는 퀘스트도 많다.

하지만 실제로 그런 퀘스트들은 대개 서브 퀘스트나 일회용 퀘스트로 분류되어 나가는 경우가 많으며, 그럴 경우 당연히 많은 경험치나 보상을 받기는 힘들다.

즉석에서 만들어지는 퀘스트는 아무래도 앞뒤 맥락이 부족할 뿐더러, 판타스틱 월드라는 게임의 구실을 맞추기 위해 베타고가 만들어놓은 시스템에 불과하니까.

당연히 판타스틱 월드 초창기, 이것을 발견한 사람의 글은 화제성은 있었지만 대부분의 유저에게 외면받았다.

퀘스트가 그렇게 쉽게 만들어지는 것도 아니고 어설픈 퀘스트 하나를 만들고자 상대하기 깐깐한 NPC와 무언가 상황을 만든다는 건 유저들에게 있어 크나큰 스트레스였다. 게다가 메인 퀘스트가 아닌 이상 굳이 할 필요가 없는, 정확히 말하면 효율이 떨어지는 짓이었으니까.

게임은 즐기기 위해 하는 것이지 스트레스를 받으려고 하는 게 아니다. 때문에 잊혀졌었다.

하지만 1년쯤 지난 시점부터는 상황이 달라졌다.

스트레스받기 위해 게임하는 사람은 없다고 하지만 몇몇 정신세계가 다른 쪽으로 발달한 사람들은 이쪽으로 파고들기 시작했다.

퀘스트를 만들 수 있는 커스터마이징 또한 다른 게임에선 찾아볼 수 없는 특별한 콘텐츠고 베타고가 세계 최고의 인공지능 컴퓨터라는 것을 증명해 주는 증거였으니까. 연구할 가치가 충분했다.

그렇게 연구한 결과, 퀘스트 커스터마이징은 실제로 판타스틱 월드를 플레이하는데 있어 그냥 어쩌다 얻어걸려 감탄 한 번 하고 넘어갈 수준의 콘텐츠가 아님을 밝혀냈다.

시작을 열고 기승전결을 완성해 퀘스트 규모를 늘리면 기존의 퀘스트보다 훨씬 많은 경험치와 더불어 상상도 하지 못할 보상도 얻을 수 있다는 첫 번째 결과가 나오면서 연구의 신뢰는 더해졌다.

유저들은, 그리고 연구자들은 이것을 에픽 퀘스트라 불렀다.

물론 키우고 또 키워서 엄청난 규모의 퀘스트를 완성했다고 해도 보상이 생각했던 것만큼 나오지 않을 때도 존재했다.

하지만 그런 경우는 적었고 뒤늦게 게임을 시작한 유저들 중 이걸 활용해 기존 유저들과의 격차를 빠르게 줄이는 자들이 늘어나고 있었다.

한시민은 그걸 이용했다.

"설마 메인 퀘스트도 되려나."

자세한 메커니즘은 모른다.

하지만 이미 이전 메인 퀘스트에서도 그의 행동에 따른 영향을 충분히 받았다는 것을 눈으로 확인했기 때문에 자신할 수 있었다.

다른 유저의 경우, 에픽 퀘스트를 만들려면 시작부터 끝까지 모든 상황을 기획하고 원하는 대로 흐르게 해야 된다고 하지만 한시민은 그러지 않았다.

"돈은 쫓아가는 게 아니라 쫓아오게 만들어야지."

별 말 같지도 않은 논리를 갖다 붙였지만 맞는 말이기도 했다.

메인 퀘스트란 결국 에픽 퀘스트와는 달리 어느 정도 틀이 만들어져 있는 퀘스트였다. 어떤 식으로든 유저의 행동에 따라 조금씩 바뀌기는 하지만 크게 짜인 그림에서 벗어나는 법은 없으니까.

하나 한시민에 의해 메인 퀘스트는 과연 처음부터 이렇게 만들어져 있었는지 의문이 들 정도로 많이 바뀌었고 심지어 최근 메인 퀘스트는 그의 행동에 따른 결과로 내용이 치우쳐져 있다고 봐도 무방할 정도로 기울었다.

그렇기에 가능한 시도였다. 그 시도는 정확하게 성공했고.

['시나리오 퀘스트: 4막-1(어둠의 진실)'이 클리어됩니다.]

['시나리오 퀘스트: 5막(선택의 갈림길)'이 오픈됐습니다.]

[선택의 갈림길]

* 등급: Epic Main

* 내용: 겉으로 보이는 세상은 언제나 순수하다. 선과 악이 나

누어져 있고 명백한 대칭을 이루고 있다. 하지만 실상 속을 들여다보면 선과 악은 하나고 그 경계선을 나누는 것은 언제나 그것을 보는 이들의 편견. 그 편견에 대한 의문은 던져졌고 선택은 당사자들의 몫. 중요한 것은 결과. 대륙의 평화를 지키자!

만들어냈다.

대륙 최초로, 에픽 등급의 메인 퀘스트를.

방송 2부는 성대하고 화려했다.

그리고 촘촘했다.

"마왕은 죽었겠지?"

"확실하게 처리했어."

"그럼 이제 우리가 마왕인 건가?"

"뭔가 시시한데? 마왕이라더니, 마왕은커녕 상급 마족 되기도 힘들어 보였는데."

"근데 우리 중에 누가 마왕 하지?"

"어차피 넘길 자린데 누가 갖고 있든 무슨 상관이겠어. 그냥 네가 우리 중에선 가장 강하니까 가지고 있어."

"그러다 상급 마족이라도 만나면 어떻게 해."

"얼른 합류해야지."

"그러자."

에피아에게 주먹을 내려친 뒤의 스토리.

에피아의 생사에 대한 정보는 화면에 나오지 않았지만 대화만으로 유추할 수 있는 내용이었다.

그와 함께 내뱉어지는 충격적인 사실들.

"그나저나 맞는 거겠지?"

"뭐가?"

"천왕 말이야, 타락했다는 사실."

"그렇지 않고서야 천왕이 미쳐서 천계 박살 나는 거 각오하고 마왕이랑 전쟁했겠냐."

"그래도 아무래도 천족 나부랭이보다는 서큐버스라도 마족인 마왕 쪽이 낫지 않을까?"

"지금 대세는 이미 천왕 쪽으로 기울었어. 둘이 비등비등하면 몰라도 마계가 풍비박산 나서 천왕에게 넘어간 마당에, 대륙에서까지 천왕의 개한테 쫓기고 있으니 굳이 마족 출신의 마왕만 고집할 필요는 없지. 어차피 천왕도 타락해 마계 쪽 마무리 짓고 대륙까지 정벌한다고 하니."

"그러니까 그걸 믿어도 되겠느냔 말이지, 더러운 천족이잖아."

"그건 우리가 알아서 대비해야지. 중요한 건 내가 봤을 때 천왕은 지금 마족이고 천족이고 신경 쓰지 않고 있는 것 같아."

"어떻게 알아?"

"그때 그랬거든, 천왕이. 신은 없다고, 그리고 말했어. 자기가 신이 될 거라고, 모두가 공평한. 천계와 마계, 인간계까지 모두가 그의 밑에서 평등한 세상을 만들겠노라."

"……."

"또라이지만 지금 마계의 마지막 희망이지. 어찌 됐든 우리 마족들은 살길만 만들어지면 언제든 다시 시작할 수 있으니까."

2부 방송은 이게 전부였다.

-야, 뭐냐.

-ㄹㅇ인가.

5분도 안 되는 그 짧은 방송의 여파는 말로 할 수 없을 만큼 퍼져 나갔지만.

4

"인생은 선동과 날조다."

"……."

"유명한 명언이지."

"누가 그래?"

"시티즌 한 씨가."

"듣기만 해도 소시민 같은 느낌의 이름인데?"

"어쨌든, 내가 판타스틱 월드 이전에도 게임 많이 했잖아? 베타고가 운영하는 이 게임은 안 그렇다 쳐도 다른 PC게임에서 많이 느꼈지. 어차피 난 직업 간 밸런스야 개똥으로 말아 처먹든 말든 인기 있는 직업의 무기만 강화하면 됐으니까 팝콘이나 뜯었지만 말이야."

"응."

"게임에서 내 직업이 최고가 되고 싶다. 그러면 필요한 게 뭔지 알아?"

"뭔데?"

"현질? 절대 아니야. 1억을 쓰든 2억을 쓰든 사람이 만든 게임은 밸런스가 망할 수밖에 없고 그 직업 간의 차이는 절대 돈으로 메울 수 없지."

"그게 이거랑 무슨 상관이야?"

"무슨 상관은, 조용히 자기가 좋아하는 캐릭터에 1억, 2억 투자하는 사람보다 커뮤니티에 내 직업 쓰레기라고 선동해서 분위기 만들면 2천만 원만 때려 박아도 억 단위 투자한 캐릭터보다 강해지는데. 선동과 날조가 이렇게 좋은 거야."

"……."

"봐봐. 지금도 영상 하나 찍어 올렸더니 사람들 다 난리 났잖아."

"그건 그러네. 어떻게 그 영상 하나에 다들 속아서 천왕이냐 마왕이냐 따지고 있는 거지?"

"다 그런 거야, 원래. 어차피 유저 중에 이런 메인 퀘스트 제대로 알고 있는 사람도 얼마 없고, 또 그럴듯하잖아. 무엇보다 웬만한 유저들은 에피아 편일걸?"

"대단하다."

"그럼 앞으로 어떻게 하실 거예요?"

한시민은 황제에게 약속한 바를 이루었다.

물론 마왕이 마왕임은 변하지 않는 사실이다. 그 사실은 변치 않지만 상황은 변했다.

"이제 사람들에게 에피아는 마계를 찾기 위해 배신한 동족들과 싸우는 불쌍한 여주가 되고, 천왕은 지가 신이 되겠다고 마계고 대륙이고 다 집어삼키려는 희대의 쓰레기가 되겠지."

"그렇죠."

이 차이는 사람들에게 있어 엄청난 차이로 다가온다.

원래 천왕은 인간들에게 신을 대리하는, 어쩌면 신이라고 봐도 무방할 자였지만 이제는 신을 흉내 내다 직접 신이 되겠노라 타락한 타천사나 다름이 없을 테니까.

물론 모든 사람이 믿지는 않을 것이다. 여전히 신을 믿는 자들은 천왕을 믿을 것이고 유저들 또한 거짓말이냐 아니냐에 의견이 분분할 테다.

한시민이 노린 건 딱 거기까지다.

"그럼 이제 준비해야죠."

"뭘?"

"전쟁. 마지막 전쟁이요."

이 모든 건 과정일 뿐이다.

판타스틱 월드의 마지막일지도 모르는 메인 퀘스트의 마무리를 위한.

영상을 본, 그리고 커뮤니티의 반응을 본 켄지는 웃었다.

"길마님, 어떻게 할까요. 물타기로 분위기 좀 흐릴까요?"

길드원들이 걱정스레 물었지만 고개를 저었다.

"어차피 유저들은 보고 싶은 것만 보고 믿고 싶은 것만 믿을 겁니다. 해명한다고 해도 이미 믿고 싶은 것만 믿고 해명을 믿지 않을 거예요. 그리고 원하겠죠. 자극적인 전쟁을."

"그럼……."

"언젠가는 했었어야 할 전쟁입니다. 저희는 철저히 준비했고 절대 지지 않습니다."

다급한 길드원들과 달리 켄지는 여유가 넘쳤다. 그 여유는 모든 것에서 오는 자신감이었다. 어떤 것을 비교해도 이제는 더 이상 한시민, 나아가 스페셜리스트에게 밀리지 않는다.

"알겠습니다."

"저희는 계속하던 대로 갑니다. 목표한 다섯 개의 레이드를 마치고 남은 스펙을 모두 올리는 순간, 선제공격합니다."

"예."

"물론 생각보다 확실히 강하게 나오긴 하네요. 역시 만만하게 볼 상대가 아닙니다. 마지막까지 재미있는 그림 만들어 보죠. 저도 그에 맞는 준비를 좀 해야겠습니다."

무엇보다 켄지는 돈이 상당히 많다. 게임을 취미로 하는 그에게 이런 그림은 돈을 얼마든 쓸 가치가 있는 아주 훌륭한 콘텐츠.

"이번에 골드 시세가 상당히 올랐습니다. 업자들이 쓸어갔다고는 하는데 아무래도 스페셜리스트 쪽에서 가져간 것 같습니다."

"호오, 그럼 판월 골드 시세를 다시 한번 올려볼까요."

"그럼……."

"돈에선 절대 안 진다는 걸 보여줘야겠군요."

"……!"

"현 시간부로 모든 골드 중개업자들에게 연락 돌리세요. 시세보다 만 원 비싸게 산다고."

"……예."

"그리고 잠시 나갔다 오겠습니다. 한국에 한 번 다녀와야겠습니다."

날아올랐다.

켄지의 두 번째 전용기가.

5

황제도 움직이기 시작했다.

그가 움직이지 않았던 이유는 그저 명분이 없었기 때문이다. 황제에게 있어 대신전이고 신이고 두려움의 대상은 아니었으니.

중요한 건 제국이 대륙을 지배해야 한다는 것이다.

대신전이 제국과 양립할 수 있었던 이유는 오로지 하나. 제국에 반기를 들지 않고 협조적이었고, 동시에 대륙인들을 통치하기 가장 쉬운 방법이었으니까.

게다가 신전은 제국과 이념 자체가 다르다.

제국은 대륙을 통치하기 위한 존재라면 대신전은 신을 받들고 그의 의지를 받들어 대륙의 평화를 지키기 위한 목적. 인간들끼리의 전쟁엔 관여하지 않는다.

그렇기에 지금까지 함께했던 것이다. 그런데 이제는 그 규칙이 깨졌다.

켄지가 교황이 된 이후 대신전은 역사가 시작된 이래 단 한 번도 없었던 세력 불리기를 시작했다. 정치를 시작했으며 다른 왕국들을 그의 손아귀 아래에 둔 채 관리했다.

아직까지 이렇다 할 움직임을 보이지는 않고 있지만 명백한 전쟁 의도였고 이것은 제국에겐 충분한 위협이었다.

어떻게 대처해야 할지 고민하던 황제에게 한시민이 내민 손은 그 어떤 것보다 달콤한 유혹이 될 수밖에 없었다.

게다가 한시민은 그가 내건, 황제가 말한 조건을 누구보다 완벽하게 이행했다.

완벽하게는 아니지만 이제 더 이상 대륙엔 선과 악이 존재하지 않게 되었다. 아니, 존재하지 않는 건 아니지만 혼란 속에서 누가 선이고 누가 악인지 판단할 기준 자체가 애매해져 버렸다. 물론 거기엔 황제의 주도하에 벌어진 언플도 영향이 꽤 있었지만.

어쨌든 판은 마련됐다.

때마침 대신전 또한 칼을 뽑아 들었다.

"대륙에 스며든 어둠이 이제는 빛마저 타락시키기 위해 온갖 더러운 음해 공작을 펼치고 있습니다. 이는 더 이상 묵과하기 힘든 치욕이자 모욕입니다. 신의 이름을 대신해 처단하겠습니다. 현 시간부로 신의 이름에 의문을 가지는 모든 이를 대신전의 주적으로 간주합니다. 또한 신의 이름하에 움직이는 사제들은 신의 문양을 착용하여 피아를 식별하겠습니다."

이는 명백한 전쟁 선포였다.

겉으로는 대륙에 뿌리 깊이 들어온 악을 처단하겠노라 표출한 분노였지만 실상을 들여다보면 결국 대신전이 대륙을 지배하겠다는 포부!

신의 문양을 착용하지 않은 자들은 전부 악의 무리다.

흔히 종교에서 볼 수 있는 악질적인 흑백 논리.

이렇게 따지면 황제마저 신의 문양을 달지 않았을 시 결국 신의 이름에 반역을 꾀하는 역도의 무리가 될 수밖에 없다.

그러니 황제에게도 기회가 온 셈이다.

"역도의 무리가 신의 이름을 걸고 대륙을 침공하려 하는구나. 이는 제국의 이름으로 결코 좌시할 수 없는 일. 현 시간부로 해방군이라는 이름을 달고 신을 사칭하는 문양을 단 모든 대륙의 역도들을 처단한다."

그 기회는 곧 폭죽이었다.

마지막 전쟁의 서막을 알리는 폭죽.

한시민의 그림의, 도미노의 시작을 넘어뜨리는 첫 단추.

누군가 말했다.

-지금이 판타스틱 월드가 오픈한 이래 골드 값 최고를 찍는 시기다.

-판타스틱 월드에서 골드로 주식을 하는 사람이라면, 단 일 초의 망설임도 없이 지금 팔아라.

-앞으로 골드값은 떨어졌으면 떨어졌지 더 오르지는 않을 것이다.

부정하는 이는 단 한 명도 없었다.

-정말임? 판월 시작한 지 얼마 안 됐는데.

-200골드 정도 모아놨는데 언제 팔아야 함?

-시세 오른 지 이틀 됐는데 벌써 18만 원 선 돌파.

-내가 알기론 시민이는 이제 골드 안 사는 걸로 아는데 왜 이렇게 계속 오르는 거?

-시민이가 이미 대륙에 골드 한 번 다 털어 갔고 그 이후에 켄지가 바로 대륙 먹겠다고 전쟁 준비하느라 골드 무조건 구매 중. 대략

2주 정도 매입할 것이라 했는데 혹시 모름. 앞으로 가격은 계속해서 오를 예정이지만 켄지가 얼마나 필요하다고 말한 적이 없으니까 어떻게 될지 모름. 간만 보다가 최고가에 못 팔고 손가락 빨지 말고 적당히 눈치 보다 팔아 치우자.

-어차피 시세 오르면 묵혀둬도 이득 아님?

-이득이겠냐. 지금 시세가 오르는 것도 말이 안 되는 현상인데. 단 한 명이 골드를 다 쓸어가서 시세가 오른다는 것 자체가 기현상임. 이루어질 수도 없는 일이고. 당장 너 같은 유저들 골드 품고 있고 오르는 시세에도 중간에 매입해서 사재기하려는 장사꾼들도 수두룩할 텐데 켄지가 골드 매입 멈추면? 일시적으로는 시세 유지되겠지만 폭락하는 거 한순간이다.

다만 혼란스러워할 뿐.

여러모로 마지막이라고 유저들 사이에서 불리는 메인 퀘스트는 그들이 직접 참여할 수 있을뿐더러 생계에 직접적인 영향까지 미쳐 일전의 그 어느 판타스틱 월드 사건보다 더 심도 깊고 뜨겁게 다루어졌다.

골드를 무한정 매입하는 켄지과 이미 수십만 골드를 매입한 한시민. 그리고 대신전이 뽑아 든 검을 꺾기 위해 나선 황실과 신의 이름으로 켄지의 주도하에 숨겨두었던 이빨을 드러낸 대신전.

얼마나 매력적인 소재인가.

실제로 유저들에겐 메인 퀘스트의 명목으로 퀘스트가 주어졌다. 전쟁에 참여하는 것만으로 온갖 지원이 이루어졌고 동시에 레벨 업에 필요한 각종 이벤트가 뒤를 따랐다.

진입 장벽이 높기로 소문이 난 게임이 맞는지 의심이 들 정도로 NPC들은 친절하게 그들의 편에 선 모험가들에게 호의적이었고 심지어 전쟁에 필요한, 사냥에 필요한 보급품이 넘쳐나다 못해 과할 정도로 뿌려졌다.

이는 곧 진짜 모든 걸 걸었다는 걸 의미한다.

어쩌면 이거야말로 진정, 향후 수십 년간 판타스틱 월드의 역사에 길이 남을, 아니, 가상현실 게임에 대한 이야기가 나오면 망한 뒤에도 꼭 등장할 판타스틱 월드에서 빠지지 않고 나오게 될 사건일지도 모른다.

그런 전쟁. 거기에 참여하는 것만으로도 역사다. 내가 거기에 있었노라 말 한마디만으로 사람들 앞에서 우쭐댈 수 있고 전쟁에 참여했느냐 안 했느냐로 공감대가 나뉠 정도다.

물론 참여만 하고 직접 전장에 뛰어들 생각이 없는 사람들도 많았다. 대부분은 게임을 즐기기 위한, 사냥보단 여가를 즐기는 유저들이었고 그들은 사건만 파악하고 팝콘을 준비했다.

-켄지와 시민 둘 다 전쟁이 시작되면 끝날 때까지 방송을 계속

켠다지?

-누구 걸 보지?

-누구 걸 보는지 왜 고민을 해. 난 이 날을 위해 동시 시청권 구매했다.

-그거 하면 고화질로 못 보잖아.

-당연히 유료 결제해야지.

-아, 월 5만 원이라 좀 그런데. 거기다 시민 방송은 최소 50만 원 잡아야 하잖아. 그 자식은 돈 겁나게 밝혀서 이번에 100만 원일 거라는 말도 있던데.

-어쩌겠냐. 꼬우면 그냥 켄지 방송으로 봐야지. 그런데 이번 판은 시민이 뒤집고 주도하는 판이라 시민이 방송으로 보는 게 훨씬 재미있을 거다. 오죽하면 이번에 시민이 방송 안 볼 거면 그냥 발 닦고 잠이나 자고 나중에 커뮤니티에 요약된 내용이나 보라는 말이 있겠냐.

-하, 그래야겠지?

-그럼.

준비하기 충분할 만큼 가치가 있는 영화다.

그렇게 한시민과 켄지를 비롯한 판타스틱 월드 유저들 모두, 심지어 판타스틱 월드를 모르는 사람들도 차곡차곡 준비를 갖추고 있었다.

6

분위기가 달궈지는 이때.

주인공인 한시민과 켄지는 보이지 않았다.

유저들은 구체적인 전쟁 일시를 켄지가 대충이나마 언급했던, 골드를 구한다는 대략 2주가량의 시간이 흐른 후일 것이라 예상했고 그 정도의 시간은 충분히 납득할 만하다고 판단했다.

-그래도 마지막 메인 퀘스트인데 그 정도는 돼야지.

-2주 정도는 기다릴 수 있다.

-솔직히 CG 없는 영화인데 난 한 달까지도 기다려 줄 수 있음.

-와, 타이밍 ㄹㅇ 개오지네. 2주 뒤면 이제 초중고 대학생까지 방학이잖아.

무엇보다 대부분의 시청자는 자신의 일정에 조금 더 편하게 시청할 수 있는 상황을 선호한다. 지금 당장보다 시간이 조금 더 주어지면 좀 더 화려하고 보기 좋은 장면이 연출될 것이라고 생각한다.

그렇게 대기 시간이 암묵적으로 허용된 가운데, 사라진 두 주인공을 대신해 조연들이 움직이기 시작했다.

암묵적인 약속이다.

두 편이 갈려 있고 어느 한 편에 서서 격렬히 그 쪽을 지지하며 자신이 지지하는 편을 승리하게 만들었을 때 전리품의 일정 부분이 자신에게 돌아오는 것.

그건 굳이 말로 하지 않아도 꼭 해줘야 한다. 그걸 알기에 사람들도 먼저 손을 내밀지 않아도 알아서 잡고 도와준다.

만약 도움에 대한 대가를 지불하지 않는다?

그렇다면 승리한 보상에 대한 초치기가 시작된다.

승리한 쪽은 승리를 채 만끽하지도 못하고 내부의 분열을 수습하기 위해 애써야 하며 이는 패배한 쪽에서 반격의 여지를 만들어줄 아주 중요한 요건.

해서 암묵적인 것이다.

켄지와 한시민이 굳이 돌아다니면서 선거 유세하듯 말하지 않아도 왕국들은 눈치를 보며 어느 편에 설지 빠르게 가늠했다.

이미 제국에 열렬히 충성하는 왕국들과 이번에 대신전 밑으로 들어간 왕국들을 제외한, 눈치를 보던 왕국들에겐 결코 피하지 못할 고민이다.

예전처럼 눈치만 보다 마지막에 배를 타는 건 불가능하다. 이건 대륙의 운명을 건 전쟁이며 이 전쟁 이후엔 신전과 제국이 양립하는 그림이 절대 나오지 않을 테니까.

수백, 수천 년을 그렇게 이어져 왔다고 해도 마찬가지다. 역사는 언제나 한순간에 변한다. 그 변화 속에서 살아남기 위해선 도박을 걸어야 한다.

심도 높은 고민과 함께 결정한 왕국들은 당장 내일 세상이 멸망할 것처럼 움직였다.

뒤늦게 합류한 것을 메우기 위해 총력을 다해 전쟁을 준비했고 가까이에 있는 적대 세력에게 마구잡이로 시비를 걸었다.

이는 일부 왕국들에서만 일어나는 일이 아니었다. 모든 대륙에서 이런 일들이 벌어졌다.

전쟁은 시작할 기미도 보이지 않았지만 이미 전쟁이 시작된 게 아닐까 싶을 정도. 대륙은 다시금 전장이 되었다. 어느 한 곳 조용할 날이 없었다.

그 폭풍의 눈, 제국과 대신전에서는 그렇다 할 움직임이 없었지만.

어쨌든 그렇게 시작된 혼란은 걷잡을 수 없이 커졌다.

-뭐야, 벌써 2주 지남?

-와. 본 게임은 시작도 안 했는데 개꿀잼이다.

-그냥 대충 아무 데나 전쟁하는 곳 찾아봐도 개꿀잼임ㅋㅋㅋㅋ

-진짜 ㅈ밥 싸움이 ㄹㅇ 진국이라더니. 목숨 걸고 지들끼리 치고 받고 하는 거 ㅋㅋㅋㅋ

-난 2주 동안 하루 3시간 자고 출근했다ㅋㅋㅋ 미치겠다. 마음 같아선 연차 쓰고 보고 싶었는데 마지막 전쟁 본다고 참느라. 휴.

-난 회사에서도 보는데.

판타스틱 월드는 역대급으로 화제가 되었고 매일매일 뉴스에서도 다뤄질 정도로 인기가 절정에 다다랐을 때.

-속보) 켄지 길드 등장, 아이템 세팅부터 달라짐. 전쟁 임박한 듯?

7

결전의 날이 다가왔다.

보이지 않던 곳에서 준비하던 켄지 길드가 나타나 말했던 대로 칼을 뽑아 들었다.

그들은 황제의 엄포가 있었음에도 아랑곳하지 않고 어깨에 신의 문양이라며 성스러운 십자가를 달고 있었다.

해방군!

어디서 그런 촌스러운 이름이 붙었는지는 몰라도 대륙은 십자가의 물결로 도배되었다.

아무리 한시민의 수작에 넘어간 이들이 많다고 한들 결국 태어나서부터 신을 믿어온 대륙의 사람들에게 그런 합리적인 의심보다는 믿어오던 신을 믿는 게 받아들이기 편한 일일 테니까.

그리고 그와 함께 제국 또한 움직였다.

무슨 변명과 명분을 가져다가 붙여도 결국 자신들의 실리를 위해 피를 흘리는 건 변치 않는다. 여기까지 온 이상 무엇이 의미가 있겠는가.

서로 싸우기로 합의했고, 군대를 일으켰다. 누가 옳고 그른지 판단하는 것은 이제 승자에게만 주어진 권한이다.

그렇게, 모두가 기다리던 전쟁이 시작되었다.

시작은 켄지 방송이었다.

방송이 켜지자마자 1분도 채 되지 않아 500만 명이 접속했고 1시간이 지났을 때 3천만 명이 넘는 시청자가 동시 시청하고 있었다.

판타스틱 월드가 과연 전 세계인이 모두 즐기는 게임임을 증명하는 지표임과 동시에 얼마나 많은 사람이 이 전쟁 하나를 지켜보고 기다려 왔는지를 알려주는 숫자였다.

아무리 플레이하는 유저 수가 많고 관심이 많다 해도 이 정도의 관심은 사실상 말도 안 되는 것이다.

판타스틱 월드 또한 지구만큼이나 넓었고 대륙 전체에서 벌어지는 일을 전부 알고 싶어 하는 유저도 없을뿐더러, 당장 옆 왕국에서 벌어지는 일도 나와는 전혀 상관없다고 생각하고 게임하는 유저가 대부분이니까.

그런데도 이렇다.

무엇보다 아직 한시민은 방송을 켜지도 않았다.

-와, 간지 철철 넘치네.

-순백의 로브에 십자가. 개 멋있다.

-저 안에 입고 있는 장비들 보셈. 그냥 빛이 번쩍번쩍하네.

-최소 유니크 이상 같은데.

-저런 걸 다 어디서 구했대.

-몰랐음? 요즘 나오는 유니크 등급 이상의 아이템은 전부 켄지가 가져간다는 말이 있는데. 시세도 켄지가 다 올린 거잖음. 골드 시세야 뭐 말할 것도 없고.

어쨌든 이런 복합적인 이유로 켄지 방송의 시청자 수는 시간이 갈수록 늘어만 갔다.

-시청자 수 실화냐. 왜 줄어들지를 않지.

-그냥 걷기만 하는데 더 느네 ㅋㅋ

-지금 대부분 출근 시간일 텐데 정신 나간 직장인들 많은 듯.

그리고 그건 본격적인 싸움에 들어가고부터 더 본격화됐다.

-시작한다.

첫 대상은 한 왕국이었다. 작지도 크지도 않은, 하지만 예전부터 제국에 충성을 다했던.

그들을 향한 무차별 포격이 쏟아졌다.

정말 말 그대로 무차별 포격이다. 성벽으로 내부를 꽁꽁 숨기고 적에 대한 대비를 철저하게 한 왕국이었음에도 제대로 된 대처 한 번을 하지 못한 채 당해야만 했다.

"메테오, 아이스 에이지."

하늘에서 지옥이 떨어진다. 인간은 어떻게 저항할 수 없는, 자연재해에 가까운 마법.

다이노를 필두로, 레전드리 등급의 마도사가 전장에서 얼마나 큰 위력을 보여주는지를 누구보다 확실하게 어필한다.

한 번의 마법에 성 하나가 초토화된다.

더 무서운 점은 다이노는 그런 마법을 쓰면서도 힘들어하는 기색이 없다는 점이다.

-저거 개 사기 아니냐.

-와, 감탄밖에 안 나온다.

-아직 싸우지도 않았는데 전쟁 끝났네.

-이거 제국이 이길 수 있는 전쟁임?

-ㄴㄴ. 제국도 아직 마탑이 있음.

-있다 해도 저건 못 이길 거 같은데. 다이노가 사실상 모든 마법사들의 탑 아님?

-그건 그렇지.

-거기다 돈도 넘쳐나서 마력이 부족할 일도 없을 테니 저런 마법을 무한으로 쓸 수 있다는 거잖아.

마력이 떨어질 법하면 준비된 마력 포션으로 회복한다. 그래도 부족하다 싶으면 병력이 투입된다.

이 얼마나 편한 전쟁, 아니, 사냥인가.

전장에서 뛰어난 마법사 하나가 얼마나 큰 효과를 보여주는

지 다이노는 영상을 통해 전 세계에 자랑했다.

그 자랑의 대가는 승리였다.

첫 전쟁의 서막, 첫 번째 희생양을 너무나도 완벽히, 압도적으로 잡아먹어버린 켄지의 군대는 그들의 편에 무한한 신뢰와 사기를 끌어올려 주었다.

이길 수 있다. 분명 제국군도 나섰고 제국에도 훌륭한 인재가 많다. 하나 적어도 겉으로 보이는 지금의 상황은 분명 켄지가 유리했다.

사람들은 보이는 걸 믿고 보이는 것에 열광하는 법.

대륙의 운명과 자신의 목숨을 걸고 편 가르기에 들어갔던 대륙의 사람들은 이제 와서 자신들의 선택을 번복할 수는 없었지만 유저들은 달랐다.

-야, 이거 갈아타야 하나.

-아직 시민이가 안 나오긴 했는데…….

-그래도 시민이 와도 이거 되겠냐.

-시민이한테는 드래곤이 있잖아.

-내가 보기에 지금 상태로는 드래곤 나와도 별수 없을 것 같은데.

-조금 더 지켜보련다. 나는.

-어떻게 될지는 몰라도 다이노가 너무 컸는데? 진짜 레전드리 직업에 돈이 더해지니 명불허전이네.

-그렇게 따지면 시민이도 레전드리 두 개임.

-걘 전투 쪽이 아니잖아. 아무래도 전쟁에선 전투 쪽이 훨씬 더 유리해 보이는데.

-와, 진짜 어느 쪽에 서야 하나.

선택에 따른 결과가 앞으로의 게임 인생을 결정짓는다.

이러한 고차원적인 문제로 접근하지 않아도 당장 전쟁에서 어느 편에 서느냐에 따라 들어오는 경험치와 보상의 질이 달라진다.

그러다 보니 즐기기 위해 시청하는 사람들보다 분석하기 위해 시청하는 사람들의 똥줄이 더 타들어 갔다.

그들은 보다 심도 높고 구체적인 비교 자료를 원했다.

-시민이 방송 언제 켜냐.

-빨리 좀 켜라.

-이러다 망하겠다.

그들이 그렇게 원하는 한시민은 대답이 없었다.

한시민이 움직이기 시작한 건, 그로부터 한참 후.

전쟁이 진흙탕으로 번지고 제국군보단 대신전의 켄지가 더 우세한 쪽으로 흘러가기 시작했을 때였다.

이미 몇 개의 왕국이 지도상에서 이름조차 없어진 그림. 사람들이 한 달이면 이 전쟁은 끝이 날 것이라 판단했을 정도로 기운 상황.

이제는 진짜 시민이고 나발이고 뭐가 와도 더 이상의 전세 역전은 불가능할 것이라, 고작 2주지만 너무 많은 피해를 입었다 말할 시점에서 나타났다.

기다린 만큼, 기울어진 만큼 많은 관심이 쏠렸다.

방송이 켜졌다는 알림과 동시에 소식은 전 세계에 퍼져 나갔고 이날만을 기다려 온 사람들은 곧장 한시민의 방송에 결제 버튼을 눌렀다.

물론 언제나 그렇듯 한시민은 예상 밖의 인물.

-??????????

-입장료 200만 원?

-…….

-뭐냐.

더 이상 놀랄 것도 없다고 생각했는데 그 이상을 보여준다.

최소 50만 원, 어쩌면 우스갯소리로 100만 원을 설정할지도 모른다는 말이 있었지만 설마 200만 원으로 올릴 줄이야.

당연히 사람들의 반발은 거셌다.

-이게 시청자를 봉으로 아네.

-오냐 오냐 하니까 진짜 끝이 없는 듯.

-돈이 있어도 안 본다.

자연스러운 현상이다. 이래야 하는 것도 맞다. 그렇지 않으면 앞으로 어떻게 될지는 누구라도 쉽게 예측이 가능하니까.

방송을 시작한 이래 단 한 번도 시청료가 내려간 적이 없는 방송.

하지만 시청자들의 보이콧은 오래가지 못했다.

애당초 소통이라는 게 되는 방송도 아닐뿐더러 이번 방송은 평소와 다르다는 걸 유저들은 이미 알기 때문.

게다가 몇몇, 한시민에게 미친 사람들은 200만 원이고 뭐고 일단 입장부터 한 뒤였다.

-시민이 방송 꼭 봐라, 미쳤다.

-왜, 뭔데? 미쳤다고 그 200만 원짜리 방송을 보냐. 어차피 켄지랑 싸울 건데 기다리다 보면 오겠지.

-ㄴㄴ. 차원이 다르다. 그냥 지금 이상한 인적 없는 숲에서 대기중인데 가만히 있는 것만 봐도 200만 원이 안 아깝다.

-개소리하지 마.

-ㄹㅇ임. 아, 여기가 어디지? 한 번 본 거 같기도 한데. 확실한 건 전장은 아님.

-나도 일단 들어왔는데. 뭐지? 뭔가 다른 수가 있는 거 같은 움직임인데.

역시나 방송 시작부터 많은 논란이 된 한시민의 방송은, 어찌 됐든 볼 사람은 들어온 채 이변 없이 시작되었다.

화려했다.

빛이 났다.

태양 한 점 들지 않는 높디높은 나무가 우거진 숲 한복판이었지만 그 주위를 환하게 비출 정도로 밝았다.

그 빛의 원천은 한시민이었다.

"다 모였지?"

"와, 이렇게 보니 진짜 우리도 대가족 다 됐네."

"몇 명이야."

한시민과 스페셜리스트, 그리고 이제는 가족이 된 친구들. 그들이 입고 있는 방어구와 무기에서 쏟아져 나오는 빛. 한결같이 붉다.

진홍빛의 빛은 감탄이 나올 정도로 찬란하다.

"고생 많으셨어요."

"고생은요. 미쳐서 통장에 있는 돈 다 가져다 쓴 주제에 15강 몇 개 하는 것쯤이야."

"오빠 정말 많이 변했다. 옛날이었으면 진짜 강화석 하나 쓰는데도 아까워했을 텐데."

"아깝긴 지금도 아까워. 어쩔 수 없으니까 그런 거지."

모든 장비 15강.

켄지가 나름 준비할 때 한시민도 준비한 비장의 카드.

레전드리 직업의 특성과 한시민의 능력을 한껏 발휘한 효과는 겉으로만 봐도 엄청났다.

물론 이것만으로 전쟁의 승패를 가늠할 수 없다는 건 한시민이 가장 잘 안다.

"미친 켄지. 어떻게 알고 골드 싹쓸이하는 바람에 생각보다 돈을 더 썼네."

"골드값이 20만 원이던데."

"저 혼자 샀으면 18만 원 선에서 끝날 수 있었는데, 하아."

켄지가 한시민보다 준비를 더했으면 더했지 결코 덜하지는 않았으니까.

어느 정도 골드를 구한 뒤 구하지 않은 것으로 알려졌지만 실상 켄지가 공개적으로 골드를 구할 때 한시민 역시 계속해서 골드를 구했고 그것은 골드의 시세가 빠르게 올라가는 것에 한몫했다.

결과적으로 현재 골드 시세는 20만 원 선을 돌파해 9시 뉴스에까지 걸릴 정도였으니. 오죽하면 골드 주식으로 건물주가 되었다는 사람도 나오겠는가.

기껏해야 2주도 안 되는 시간 동안 골드 값이 5만 원 이상 올랐다. 통장에 쌓아둔 돈 대부분은 날아갔지만 어차피 만져보지도 못한 돈에 연연하지 않기로 했다.

"다시 벌면 되니까."

그의 주 수입원인 건물들은 아직 건재하고 방송 또한 빈 통장을 채워줄 것이다.

남은 건 하나다.

승리.

그걸 위해 한시민은 또 하나의 비장의 카드를 꺼내 들었다.

"어차피 전쟁에선 승산 없어 보이니. 이러나저러나 가능성이 있는 쪽으로 가야지."

그와 함께 인적이 없는 숲에, 거대한 게이트가 열렸다.

"지옥으로 가는 문인지, 아닌지는 가보면 알겠지."

9

한시민은 분명 에피아에게 많은 투자를 했다.

많은 시간을 투자했고 많은 돈을 투자했다.

한시민에게 있어 목숨보다 중요한 돈과 시간을 어마어마하게 투자했다는 건 곧 그만큼 다시 뜯어먹어야 한다는 대명제가 깔리는 것이나 다름이 없다.

게다가 그런 투자를 한 만큼 에피아는 강해졌다. 아니, 강해졌다기보다 원래의 힘을 어느 정도 쓸 조건이 갖춰졌다고 봐야 맞는 말이겠지만.

어쨌든 골드를 매개로 대륙에서 마계의 왕이었던 그녀의 힘을 가져와 쓴다는 건 정말 대륙 사람들 입장에선 잠시라도 오버 밸런스를 뛰어넘은 최종 보스의 등장이나 마찬가지인 셈.

그렇기에 이대로 곧장 켄지와 1:1 대결을 신청하러 가도 됐다.

싸워서 지지 않을 자신은 있었다.

하지만 이기리란 확신도 아쉽게 없었다.

"1:1은 개뿔 도망만 다니면서 마법만 날려대겠지. 어차피 우리 움직임이야 돈 주고 사들이고 있을 테니 일정 거리를 계속해서 유지하면서 어떻게든 전쟁만 이기려고 할 거야."

분명한 건 에피아가 어느 정도 힘을 쓸 수 있다지만 그건 어디까지나 골드를 제물로 내던지고 쓰는 힘이라는 것이고 그 사실을 눈치 빠른 켄지가 알아차리는 순간 싸움은 진 것과 다름이 없어지니까.

게다가 힘을 쓸 수 있는 에피아라 해도 일순간에 켄지와 그의 세력을 몰살시킬 수 있는 것도 아니다.

"현질은 또 엄청 해서 어떻게 될지도 모르고."

어쩌면 기다리고 있을지도 모른다.

힘을 쓸 수 있는 에피아가 그들의 앞에 나타나기를.

모두가 보는 앞에서 판타스틱 월드의 최종 보스를 때려잡는 모습을 보여주고 자신이 이제부터 판타스틱 월드의 최강자임을 보여주고자 하는 의도일 수도 있다.

그러기 위해 그의 수중에 있는 돈을 생각하면, 바닷물에 바가지를 넣고 푸는 수준이겠지만, 그토록 많은 골드를 한시민과 경쟁하며 매입했을 테고.

실제로 골드 중개업자가 은밀히 흘린 말로는 이번에 한시민이 거의 1,000억에 가까운 돈을 매입했고, 켄지는 그에 몇 배, 어쩌면 10배 이상을 썼을 것이라는 말까지 나오고 있다.

그렇게 이를 갈고 있는 상대가 원하는 바를 굳이 이뤄줄 필요는 없다.

설사 한시민이 손해 본다고 한들 그런 일은 죽어도 없다.

해서 선택했다. 보다 본질적인 해결책이자 동급의 위험이 존재해도 보다 희망이 보이는 전장을 택하기로.

물론 장단점은 명확하다.

"지금 마계로 가면 우리 편이라고는 단 한 명도 없겠지?"

"……."

"아니지, 있긴 있을 거야. 마족들이 전부 넘어온 건 아니니까. 그래, 대륙에서 배부르고 등 따뜻하니 배신할 생각부터 하는 놈들보다야 거기 있는 놈들이 조금이라도 도움이 되겠지. 그치, 에피아?"

"적이 얼마든 이제는 상관없어. 이거만 있으면."

명확한 장단점을 부숴버릴 수 있는 에피아의 자신감도 있었고.

진홍빛으로 빛나는 그녀의 보물을 쓰다듬으며 웃었다.

그렇게 한시민과 일행들은 게이트를 넘었다.

마계로 향하는 게이트를.

"하, 이거 한번 여는데 300억이라는 게 말이냐. 시바."

한시민의 탄식만이 대륙, 게이트가 사라진 곳에 그들이 존재했다는 온기를 남겼다.

다이노의 마법이 떨어진 뒤엔 대규모의 신성력으로 무장한 군대가 진격한다.

낮고 웅장하게.

우리는 전쟁을 하러 가는 것이 아니라 이단을 처치하는 것이라는 느낌이 가득한 묵직한 발걸음.

우리의 뒤에는 신이 있다.

신을 대리하는 교황의 힘이 그들의 몸에 충만한 이상 그 어떤 적과 마주해도 이길 수 있다는 희망이 가득하다.

이것이 레전드리 등급의 대마도사와 교황의 콜라보레이션.

방송을 처음 켜고는 다이노가 시작을 장식하는 화려한 마법들을 선보였지만 한시민과 마찬가지로 레전드리 등급의 직업이라고 항상 사기적인 것만은 아니다.

어디까지나 조건이 있고 제약이 있다. 그걸 돈으로 때웠을 뿐, 시작부터 끝까지 그런 텐션을 유지할 생각은 조금도 없었다.

물론 필요하다면 하는 게 켄지지만 무작정 레전드리 직업의 우수성 하나만을 믿고 나갈 필요도 없고 그렇게 할 경우 지금까지 준비한 것들이 충분히 빛을 발하지 못하기 때문에 그럴 이유도 없다.

이를 테면 이런 것이다.

마법은 거들 뿐.

그냥 거든다고 보기에 너무나도 훌륭한 효율을 보여주고 있지만 그 뒤에 존재하는 대규모 군대에 끼치는 교황의 힘은 누가 봐도 마법보다 한 수 위라고 평가해도 이상하지 않을 정도로 훌륭하다. 마법이 살상용이라면 교황은 사기 진작용이랄까.

공격 마법과 버프 마법이 적절하게 조화된 군대를 누가 막을 수 있을까.

"이 정도면 시민이 와도 켄지 못 이기겠지?"

"선택 잘한 것 같다."

유저들도 굳이 그들이 위험부담을 감수하지 않아도 알아서 전투마다 승리하니 얼마나 좋은가.

하는 것이라곤 마법에 너덜너덜해지고 선봉대가 휩쓸어놓은 전장에 참여해 소리나 빽빽 질러주며 마무리만 하면 된다. 이쯤 되면 우리는 줄을 잘 선 것이다.

그렇게 생각했다. 한시민이 방송을 켜고 마계로 넘어가는 걸 보기 전까진.

"어어?"

"뭐야, 왜 저기로 가?"

"쫄튀인가?"

"도망치는 거 같은데?

당연히 마지막 전쟁이네 뭐네 잔뜩 기대했던 유저들은 실망했다. 누가 봐도 명백한 도주이기 때문.

하지만 그걸 본 켄지는 인상을 찌푸렸다.

"꿍꿍이가 이거였나 보군요."

"도망친 게 아닌가요?"

"아뇨, 절대. 그럴 만한 사람인 건 맞지만 이번엔 절대 도망친 게 아닙니다."

"그럼……."

"의미 없는, 그리고 예측할 수 없는 결과보단 진짜 도박을 하겠다는 의미겠죠."

"……?"

"천왕. 그를 꺾는다면 이번 메인 퀘스트와 더불어 앞으로 있을 수도 있을 메인 퀘스트 전부 독점할 수 있으니까요."

"아!"

"결국 이 전쟁은 대륙을 먹느냐 마느냐의 싸움이 아니라 저와 시민의 미래를 건 싸움입니다."

알고는 있었다. 이 전쟁이 끝나려면 어떻게 해야 하는지.

그렇기에 군대를 일으켰고 마왕이 그들 앞에 나오도록 유도했다.

하나 이거까지는 생각지 못했다.

적, 한시민 또한 천왕을 노릴 가능성은 충분하다는 걸. 분명 확률도 낮고 어려운 일임엔 이견이 없지만.

"흠."

확실한 건 변수가 생겼다는 것이다.

이런 수천억이 투자된 일, 사업은 아니지만 아무리 취미로 하는 게임이라도 원하는 대로 흘러가지 않으면, 조금이라도 삐끗하면 기분이 나쁜 것은 당연한 일.

켄지가 두 눈을 감았다.

계획에 수정이 필요한 시점이다.

"그토록 여유 있던 모습은 이거 때문이었나."

아무리 한시민이라도 이번에는 정말 어찌할 수 없을 것이라 생각했었다.

방송을 켜고 그와 그의 파티가 전부 15강 풀템으로 맞추고 있는 것을 보았어도 흔들리지 않았다. 어디까지나 예측 가능한 일이었고 너무나도 뻔하게 보였으니까. 그에 대한 대비 또한 해놓았다.

그런데 이런 식으로 흘러간다. 이러면 준비해 놓은 것들이 아무짝에도 쓸모가 없어진다.

"진짜 끝까지 가 보자는 뜻이군요. 알겠습니다. 말씀대로 해 드리죠."

그런 상황 속에서 켄지가 웃었다.

이렇게 되고 보니 얼마 전 한시민과의 마지막 만남에서 했던 말을 다시금 곱씹게 된다.

역시 화려한 호텔이었다.

이제는 익숙하게 제집처럼 들어오는 한시민과 마주한 켄지.

당장 대륙의 운명을 걸고, 좀 더 깊게 파고들면 추후 수천 억, 아니, 어쩌면 수조 원을 쥐락펴락할 마지막 전쟁을 앞둔 이들이 맞나 싶을 정도로 서로에게 호의적인 미소를 짓는다.

"오랜만이네요, 시민."

"바쁘실 텐데 여긴 어쩐 일로."

"거래를 제안하러 왔습니다."

하나 오가는 말에는 조금의 장난기도 없다.

한시민 역시 마찬가지. 그의 표정엔 결연함이 가득했다. 마치 얼마의 돈을 제시하더라도 흔들리지 않겠다는 강한 의지를 표정으로 내보인달까.

쉽지 않겠다고 생각하며 포커페이스를 유지한 채 켄지는 입을 열었다.

"전쟁에서 져 주십시오. 원하는 모든 걸 드리겠습니다."

백지수표.

그가 전용기를 띄운 이유.

자신 있었다. 한시민은 물 것이다.

설령 그의 재산의 반을 달라고 해도 흥정을 생각할 정도로 이번 일에 모든 걸 걸었다.

그만큼 판타스틱 월드는 더 이상 단순한 게임이 아니다. 판타스틱 월드를 지배하는 건 곧 현실에서 지구를 통치하는 것과 같다.

거기서 얻는 이득?

베타고가 하루아침에 망가져 서버가 내려가지 않는 이상 켄지의 부가 눈에 띄게 상승할 수도 있는 그만큼 대단한 일이다.

그렇기에 한시민도 고개를 저었다. 한 치의 망설임 없이.

"이번엔 안 돼요. 정정당당히 붙읍시다."

"정말 많은 준비를 할 겁니다. 제가 지불할 의향이 있었던 양의 세 배 이상 투자할 생각입니다. 감당하실 자신 있으십니까?"

"네, 그냥 전 재산을 꼬라박으셔도 이길 자신 있으니까 지고 현피나 오지 마세요."

"하하하! 알겠습니다. 사실 큰 기대는 하지 않았습니다. 판타스틱 월드의 가치를 아시는 분이라면 절대 물러서지 않으리라 생각했으니까요. 덕분에 기분이 좋군요. 더 재미있어지겠습니다."

그렇게 물러났었다.

그냥 한시민의 대책 없는 자신감이라 생각하며.

10

둘의 화려한 치고받고 싸움을 기대했던 시청자들은 실망했지만, 시간이 흐르면서 분위기는 조금씩 가라앉았다.

어차피 징징댄다고 변하는 건 없을뿐더러, 글이 하나둘 올라왔기 때문이다.

[시민, 켄지 방송. 둘 다 볼 수 없을 때 무엇을 봐야 하는가에 대한 정리.]

그중에서도 대다수의 사람에게 공감받고 베스트 게시글에 오른 것도 모자라 여러 기사에도 오른 글이 있었다.

[필자 또한 많은 고민을 했다. 돈은 쥐뿔도 없는 가난한 고시생인 주제에 200만 원짜리 시민이 방송을 켜는 것 자체가 뇌에 우동사리 꼈다고 광고하는 일일 수밖에 없기에 하루하루를 자책하며 어떻게 해야 하는지에 대한 생각만 했다. 아마 지금까지 고시 생활한 5년 이래 공부한 것보다 많이 한 것 같다.

결론은 하나였다. 답은 나와 있었지만 그래도 시민 방송은 포기할 수 없다.

알 사람은 알겠지만 시민이 지금 마계 가서 천왕과 1:1 맞짱 뜨려고 한다.

켄지? 대륙에 남아 시민이보다 먼저 대륙을 정복하고 따라갈 방법을 찾겠지.

돈이 없다고 어느 한쪽을 포기할 문제가 아니라는 뜻이다.

그래서 질렀다. 200만 원. 있는 돈, 없는 돈 다 구하고 엄마한테는 미안하지만 거짓말까지 해서 모았다. 이번 달엔 이틀에 한 끼 먹어야 하지만 그래도 봐야겠다 싶어서 결제했다.

그런데 문제가 하나 더 있었다. 중복 시청 결제권 5만 원이 없다.

ㄹㅇ 200만 원 결제해 놓고 5만 원에 뭐 그렇게 벌벌 떠냐 해도 할 말 없지만 죽어도 여기서 5만 원은 더 못 구한다. 그럼 진짜 방송 보고 밖에 나가서 음식물 쓰레기 뒤지며 살아야 한다.

그래서 결제해 놓은 시민이 방송 30분 보고 켄지 방송 30분 번갈아 보고 답을 내렸다.

구구절절 설명하지 않는다. 한마디로 요약한다.

시민이 방송 봐라.

왜?

나처럼 그냥 번갈아가며 30분, 아니, 딱 5분만 보면 알 수 있다.

시바. 가터벨트 입고 마왕으로 돌아간 에피아를 본 순간, 넌 200만 원이 아깝지 않다고 생각할 테니까.

거기에 그냥 눈만 돌려도 미녀들 천지다. 평생 살면서 한번 볼까 말까 한 연예인보다도 예쁘고 몸매는 말할 필요도 없겠지.

그걸 생중계로 볼 수 있다. 캡숖 있으면 그냥 닥치고 질러라. 적금 깨서라도 질러.

켄지 방송? 시커먼 고추밭이다. 안 봐.]

11

누구나 마지막은 깔끔하게 마무리 짓고 싶어 한다.

그 과정이 얼마나 힘들던 쉬웠던, 의미가 있었던 없었던 누구에게나 어떠한 일의 마지막은 결국 추억으로 되짚을 때 그 기억의 전부가 되니까.

마무리가 좋아야 결국 추억도 예쁜 법이다.

하지만 항상 마지막이 깔끔할 수만도 없다.

"하, 뭘까. 벌써부터 몰려오는 이 현자 타임은."

"이거 진짜 마지막 같다."

"그러게요. 판월 하면서 이런 느낌은 처음이네요."

"내가 봐도 마지막 같은데 뭘. 드래곤도 아니고 곧바로 천왕 레이드라니. 이건 너무 순서를 뛰어넘은 거 아니냐?"

"드래곤을 왜 레이드합니까, 형님. 드래곤은 잡아다가 잘 키워서 써먹는 예쁜 강아지인데."

"그래서 빼액이한테 그렇게 골드를 많이 먹였어?"

"그 부분은 조용히 해줬으면 좋겠다, 예슬아. 예전에도 맞는 말만 하던 친구들이 있었는데 처맞고 나니깐 조용해지더라."

"나 때리게? 이왕이면 침대 위에서 때려줘, 거칠게."

"……."

"……."

마지막이라 생각하면 잘 마무리해야겠다는 생각보다 지금까지 겪은 고생과 과정들이 떠오르기 마련이니까.

긴장이 풀린다.

이건 멘탈의 문제가 아니다. 본능이다.

이런 경험을 많이 해본 정설아 정도만 침착함을 유지하고 있을 뿐 익숙해지는 건 쉽지 않다.

그럼에도 한시민은 긴장이 풀리는 것에 크게 신경 쓰지 않았다.

"이기겠지."

정말 일생을 통틀어 이보다 더 열심히 한 적이 없을 정도라고 자부할 수 있을 만큼 최선을 다했기에.

"이겨야지. 내가 수능 볼 때보다 더 열심히 게임했는데."

"오, 오빠 수능 공부도 했었어?"

"당연하지. 이래 봬도 경영학도다."

"어디 대학?"

"사생활에 간섭하지 말자."

켄지에게 미리 매입해 둔 골드를 다 처분해 버리고, 이익이나 볼까 고민했던 적이 한두 번이 아니다.

보유하고 있는 골드를 내다 팔면 따뜻하고, 경치 좋고, 바닷물도 푸르른 한적한 섬을 하나 더 살 수 있지 않을까 싶은 유혹도 끊임없이 몰려왔다.

하지만 참았다. 참고 0과 1로 이루어진 데이터 쪼가리에 투자했다.

이겨야 하는 이유는 무엇보다 명백했다.

"내가 공짜로 15강 장비를 뿌렸는데 이거 지면 진짜 접싯물에 코 박고 뒈져야지."

여기서도 엄청난 고민을 했다.

사실 값을 받을 만한 사람이라곤 스페셜리스트 셋뿐이긴 하지만 마음만 먹는다면 충분히 필요한 만큼의 손해를 조금이라도 메울 만큼은 받아낼 수 있다.

하나 쓰는 돈의 단위가 억, 십억, 백억 단위를 넘어 천억 단위가 되니 천하의 한시민도 살짝 정신을 놓았었다.

'그래, 받아서 뭐하겠나. 오랜만에 선심 한번 쓰고 나중에 더 부려먹자.'

인생 최초의 기부.

그 결과가 모였다.

토끼부터 시작해 에피아까지 누구 하나 진홍빛으로 물든 장비를 갖고 있지 않은 이가 없다. 거기에 그 효과들을 극대화시켜 주는 비장의 카드까지 존재한다.

"여리야, 잘해. 통장 보여줬지? 그만큼 벌려면 오늘 잘해야 한다."

"응! 나만 믿어!"

이걸 믿어야 하나 말아야 하나 싶기도 하지만.

"에피아, 할 수 있지? 너만 믿고 여기 왔다. 진짜 너 죽으면 우린 그냥 끝이야. 내 천억 날려 먹으면 진짜 베타고 멱살이라도 잡아서 부활시킨 다음 평생 부려먹는다."

힘을 되찾고 날개를 활짝 펼친 채 공중에 떠 마음껏 주인공 포스를 내뿜고 있는 에피아만 보면 왠지 모르게 자꾸 신뢰가 갔다.

"가자."

그렇게 거침없는 발걸음은 마지막 전쟁이라고 시간 끌 것 없이 거침없이 나아갔다.

비장한 BGM이 깔린다.

2D게임에서부터 전 세계인이 들으면 알 법한 유명한 BGM이 세계 최초의 가상현실 게임이자 최고의 게임 판타스틱 월드의 마지막 전쟁에서도 존재감을 과시한다.

웅장한 북소리로 서서히 분위기를 과열시키며 빨라지는 리

듬. 방송으로만 나가는 BGM을 마치 듣고 있기라도 하는 듯 그에 맞춰 천족들을 베어나가는 에피아.

다급하지 않게, 그렇다고 여유롭지도 않게 가로막는 모든 것을 소멸시킨다.

그 역할을 다하는 그녀의 검. 한시민이 인생을 걸고 강화했던 그것이 대륙에서는 숨을 죽이고 있다 이곳에서 빛을 발했다.

얼마나 많은 천족이 살아있든 개의치 않는다. 얼마나 많은 마족이 천족들에게 당해 몸을 숨겼든 신경 쓰지도 않는다.

그녀를 막을 건 오로지 천왕뿐이라는 걸 몸으로 표현하는 그녀의 압도적인 기세에 한도 끝도 없이 몰려들던 천족의 수도 점점 줄어들었다.

그리고 더 이상 천족들이 그녀와 한시민의 길을 막지 않게 되었을 때 그들은 도착했다.

최후의 전장. 천계의 끝. 그리고 천왕이 기거하는 성에.

"오랜만이네."

감회가 새로웠다.

예전엔 대륙으로 도망치기 위해 왔던 곳이다. 이제는 이곳을 파괴하기 위해 왔다.

물론 쉽지는 않을 것이다.

마지막 보스. 대륙에서 신을 믿는 자들이 많을수록, 신성력을 가진 자들의 수가 늘면 늘수록 강해지는 천왕은 이전 에파아가 상대했을 때보다 훨씬 더 강해졌을 테니까.

게다가 이곳은 그들의 앞마당이다. 예전 빈집을 털었던 때와 같다고 생각하면 절대 안 된다.

무엇보다, 끝을 알 수 없는 천족들이 하늘 위에서 그들을 내려다보고 있다.

"시바, 떨린다."

그렇게 보니, 전율이 일었다.

무서워서가 아니다.

"얼마나 벌까."

천계에 온 뒤로 꺼버린 홀로그램 뒤로 몇 명의 시청자가 찍혀있을지 궁금해서였다.

명당 200만 원.

"10만 명만 찍으면……."

수수료 떼고 본전을 친다.

자연스럽게 표정이 비장해졌다.

'나는 시민이다. 시민이다. 시민이다.'

현실의 나를 잊고 캐릭터에 빙의한다.

"제군들!"

그러자 입에서 근엄하고 진지한 목소리가 일말의 양심도 없이 터져 나온다.

모두가 어이없는 표정으로 그를 봤지만 개의치 않고 카메라를 의식한 채 대본을 이어 나간다.

"오늘을 위해 달려왔다. 타락한 천왕을 무찌르고 대륙을 평화롭게 만들자!"

"……."

대꾸는 없었지만 그래도 화면엔 그럴듯하게 잡혔다.

-쟤 시민이 맞지?

-ㅇㅇ.

-확실히 영화 보는 맛이 나긴 하는데…….

-미안한데 좀 닥쳐줬으면 좋겠다.

-아무리 봐도 주인공은 에피아야.

풀 샷으로 잡히는 그림에선 그저 에피아의 주도하에 뒤에 찌그러져 있는 병사 한 명의 쓸데없는 똥폼으로 보인다는 게 문제였지만.

12

천족들과 뒤엉켜 싸운다.

끝도 없이 몰려드는 천족들과 힘겹게 막아내는 한시민. 토끼들에 수달이에 한여리에 빼액이까지.

쓸 수 있는 버프란 버프는 전부 쓰고 막고 있음에도 기본적으로 안고 들어가는 수적 차이는 역시 쉽게 메울 수 있는 문제가 아니었다.

물론 그럼에도 막아내는 수준을 넘어 천왕의 성까지 한 걸음, 한 걸음 다가가고 있는 건 역시 압도적인 위엄을 뽐내는 에피아의 저력 덕분이었다.

게다가 아직 에피아는 필살기나 다름없는 스킬을 쓰지도 않았다. 대다수의 적이 모여 있는 공간에서 쓰면 그 수가 어찌 되었든 최고의 효율을 낼 수 있는 스킬.

쓰려면 쓸 수 있다. 그걸 쓰면 곧장 수적 불리함을 일순 뒤집을 수도 있다. 하지만 그러지 않았다. 그러지 않았기에 비등비등했다.

에피아는 어디까지나 천왕을 상대해야 할 마지막 카드였으니까.

"왠지 내가 주인공이 아닌 거 같지만 참는다."

한시민도 투덜거림을 삼키며 기회를 보았다.

어떻게든 에피아를 천왕과 1:1을 할 수 있게 보내줘야 한다. 그게 이곳에 온 이유다.

모든 걸 버릴 각오를 하고, 대륙을 켄지에게 넘겨줄 생각까지 한 채 온 진짜 이유.

그렇기에 혹여 남으면 조금이라도 되팔 수 있는 골드를 한 치의 망설임도 남기지 않고 빼액이에게 전부 먹였다.

아낌없이 모든 걸 쏟아붓는다.

그 성과가 눈에 보였다.

천왕이 천왕성 위로 떠올랐다.

"에피아."

"응, 준비됐어."

"천왕한테서 성역도 되찾아왔고 신물도 우리가 회수했으니 변수는 없겠지?"

"그거만 없으면 돼."

모두가 아닌 척 자세를 갖췄다. 원래도 목숨을 걸고 싸우고 있었지만 비장의 한 수쯤은 당연히 준비해 두었다. 그걸 꺼낼 타이밍이다.

한시민의 행동, 말 한 마디에 귀를 기울인다.

그 순간이 오면 운명을 내던져야 한다.

한시민 또한 처음으로 침을 삼키며 두 눈을 감았다.

조금만 더, 한 걸음이라도 더.

단 1%의 확률이라도 높이기 위해 재고 또 잰다.

그렇게 타이밍이 나왔을 때.

"지……."

팟-

세상을 뒤덮을 순백의 빛이 천왕에게서 터져 나왔다.

['신의 영역'의 효과에 모든 부정적인 대미지가 50% 감소합니다.]

['신의 영역'의 효과에 신에 반하는 모든 존재의 이동 속도가 50% 감소합니다.]

눈앞을 가득 메우는 홀로그램들을 보는 순간 가장 먼저 든 생각은 단 하나였다.

'X됐다.'

그와 함께 터져 나오는 한마디.

"베타고 이 개새야!"

한시민이 켄지 대신 이쪽을 선택한 이유는 오로지 이거 하나였다.

알 수 없는 전력을 보강한 켄지보다 그래도 부딪치며 어느 정도 전력을 파악하고 이런저런 에피소드를 겪으며 천왕의 전투력을 최대한 많이 깎아놨다고 생각했기 때문.

동 스펙, 동 레벨로 설정된 천왕과 마왕이 부딪칠 때 모든 장비를 15강하고 레전드리 직업의 효과마저 빵빵하게 받은 마왕의 힘이 본진의 이점과 수많은 천족으로 밀어붙일 천왕을 꺾을 수 있을 것으로 판단했었다.

그런데 예상에도 없는 효과가 튀어나왔다.

천왕의 체력이 바닥에 달해 히든 페이즈가 튀어나온 것도 아니다. 싸움을 시작하기도 전에, 그가 직접 사용한 것도 아닌 힘이다. 그의 힘이었다면 일전에 에피아와 치고받고 싸울 때 나오지 않았을 리가 없다.

그렇다는 뜻은 새로 생긴 물건이라는 뜻.

가장 그럴듯한 가정은 역시 신물. 신물은 신이 내리는 물건. 곧 베타고가 줬다는 말밖에 되지 않는다.

그 짧은 시간에. 수만 년에 하나 준다는 신물을 또.

의도는 명백하다. 유저를 엿 먹이겠다는 개발사의 뜻.

“인공지능이나 인간이나 다 똑같네.”

인상이 절로 찌푸려진다.

너무 쉽다는 생각은 단 한 번도 하지 않았다. 이만큼 준비했으니 할 만하다고, 반반이라고까지는 생각했었다.

그의 없는 양심마저도 이렇게 할 만해도 되나 싶은 생각은 했었어도 이렇게 대놓고 저격해 올 줄은 몰랐다.

이로써 어떻게 될지 모르게 됐다.

정말 차라리 대륙에서 켄지와 싸움을 하는 편이 더 나을지도 모르는 상황이 왔다.

당연히 힘이 빠지고 머리가 하얘진다. 하지만 한시민은 이런 순간 입을 열었다.

“가! 지금이야!”

물러설 곳은 어차피 없다.

운명을 그의 컨트롤이 아닌 에피아에게 맡겨야 한다는 사실 또한 변하지 않는다.

에피아도 살짝 멈칫했지만 그녀의 몸에서 끓어오르는 힘이 만족스러운 듯, 자신감 넘치는 미소와 함께 몸을 박찼다.

그녀의 뒤로, 한여리의 버프, 수달이의 룬, 빼액이의 마법들이 따라붙었다.

그와 함께 한시민의 손에서 성역이 발동되었다. 성역만 발동된 게 아니라 처음 보는 칠흑의 돌도 함께 성역을 감쌌다. 그리고 그 순간, 성역의 순백은 어둠으로 바뀌었다.

천왕이 사용한 신의 영역과 타락한 성역. 두 가지의 공존할 수 없는 빛과 어둠이 원래 한 몸이었다는 듯 뒤섞이기 시작했다.

그리고 에피아의 필살기가 발동되었다.

세상이 악몽으로 뒤덮였다.

Episode 66.
Epilogue

1

드넓은 천왕성 앞.

흘러넘치던 신성력은 온데간데없고, 피폐하고 파괴된 흔적만이 여기저기 가득하다.

이곳이 절대 순결한 신을 모시는 가장 최상층, 천왕의 성이 맞나 싶을 정도였다.

신성해야 할 땅에 온갖 피가 흘러넘친다.

수만의 천족부터 천계로 온 한시민의 펫들까지. 바닥에 널브러져 숨을 들이쉰다.

물론 그렇게나마 숨을 들이쉬는 이들은 운이 좋은 편.

"하, 시바. 차라리 죽고 싶다."

목숨 줄 하나는 끈질긴 한시민이 두 눈을 감은 채 팔다리를 활짝 펴고 하늘을 보며 중얼거렸다.

아무리 고통이 느껴지지 않는 게임 속이라지만 그걸 감안하더라도 심적으로 너무 피곤하다.

피곤할 수밖에 없다. 천왕과 마왕의 격돌은 전장에 있는 모두에게 끈질긴 지속 대미지를 피아 구분하지 않고 넣었다. 지속 대미지를 받는 동안에도 천왕을 지키기 위해 몰려가는 천족을 최대한 막기 위해 노력해야 했으며, 무엇보다 100시간부터는 확인조차 않은 지겹디지겨운 싸움이 언제 끝날까 계속해서 시선을 천왕과 에피아 쪽으로 돌려야 했으니까.

토끼가 하나둘 죽어 나가고 스페셜리스트도 지쳤다. 수달이와 빼액이도 어느 순간 한시민의 명령을 받아 살기 위해 도망친 마당에 패색이 짙어지는 그림 따윈 전혀 상관없었다.

어차피 에피아가 이기면 전쟁은 끝이다. 마찬가지로 반대의 상황이더라도 천왕이 이기면 끝이다.

그런 슬픈 조연의 입장에서 바라보던 화려하고 열정적이었던 전쟁의 마무리는 다행히도, 거친 숨을 몰아쉬며 욕을 내뱉을 수 있는 여유로 돌아왔다.

"할 건 해야지."

그리고 그 여유를 즐길 수 있는 자에겐 승리의 보상을 챙길 자격 또한 주어진다.

눈을 뜬 한시민이 그대로 고개를 눕혀 파괴의 중심을 보았다.

여기저기 움푹 파여 있는 수많은 크레이터.

그리고 한가운데 무릎을 꿇고 고개를 숙인 에피아.

가릴 데만 가린 아슬아슬한 서큐버스의 의상, 15강 한 무지막지한 방어구는 이미 형체를 알아볼 수 없을 만큼 누더기가 되어 사라져 버린 지 오래였다.

그녀의 작은 체구는 마계를 짊어지는 마왕임에도 전쟁이 얼마나 힘들었는지를 보여주듯 축 처져 있다.

당장에라도 쓰러지지 않는 게 이상할 정도.

나체로 온몸에 피를 칠갑하고 있음에도 침이 삼켜지기보단 압도적인 위엄이 먼저 다가온다.

"진짜 베타고가 대단하긴 하다."

한시민마저도 인정했다.

전투를 모두 지켜본 소감은 한마디로 정리가 가능하다.

이게 인공지능 NPC가 맞는지에 대한 의문조차 갖지 못할 만큼 치열하고 화려했다.

천왕과 마왕, 최종 보스끼리의 전투에서는 쉽게 나오지 않을 실수도 나왔고 결국엔 승부도 가려졌다.

무릎을 꿇고 축 처진 에피아와 달리, 서 있는 천왕.

영화의 한 장면처럼 서로가 서로를 등지고 있다.

얼핏 보면 서 있는 천왕이 이긴 게 아닐까 싶기도 하다.

하지만, 천왕이 서 있는 이유는 오로지 에피아의 손에 있어야 할 한 자루의 검이 천왕의 심장을 관통하고 땅에 박힌 채 버티고 있기 때문이었다.

그것을 본 자들은 결코 그것을 인정하지 않을 수 없으리라.

승자와 패자.

천왕은 심장을 내주었고, 숨을 거두었다.

[퀘스트를 완료했습니다.]

한시민의 방송에서 천왕이 에피아에게 마지막 일격을 허용한 채 숨을 거두는 것을 본 순간, 켄지는 한 치의 망설임도 없이 전군의 기수를 황제에게 돌렸다.

설마설마하는 마음은 있었지만 한시민은 결국 해냈고 이는 곧 전쟁의 끝을 의미했다.

홀로그램 또한 말해주지 않는가.

패배한 잔당을 처리하라는 서브 메인 퀘스트 홀로그램이 모든 유저에게 등장했고, 한순간 신을 모시는 해방군은 신의 이름을 내걸고 대륙을 어둠에 물들게 하려는 반역자가 되었다.

일전에 한 번 겪은 일이지만 이번엔 그때와 차원이 다른 무게다. 그때는 오해였지만 지금은 쐐기가 박힌 것이다.

여기서 상황을 뒤집을 방법은 하나다.

"황제를 죽이고 대륙을 먹는다."

전쟁은 졌지만 에피아는 결국 대륙에서 힘을 쓸 수 없다. 여전히 대륙에서 하는 전쟁은 켄지에게 유리하다.

한시민과 황제가 합류하기 전에 상황을 끝낸다.

한시민이 선택한 비장의 한 수가 천계로 가는 것이라면 켄지의 마지막 한 수는 이거였다.

황제에게 향하는 길은 멀지 않았다. 굳이 황제를 찾아가지 않아도 되는 일이니까.

그는 제국의 중심, 수도로 향했고 황제가 이끄는 군대 또한 수도로 머리를 돌렸다.

그리고 만났다.

-여기서도 전쟁이다.

-천계에서의 전쟁이 너무 임펙트가 큰데, 이거 재미있으려나.

-난 시민이 방송이랑 두 개 켜놓긴 했는데.

-여긴 또 여기 나름대로 재밌을 거임.

드넓은 평야에서 만난 두 세력.

황제는 언제나 그렇듯 선두에 서 있었고 켄지 또한 선두에서 황제를 마주했다.

먼 거리, 하지만 마력을 담은 목소리는 생생하게 전달된다.

"어째서 시민과 그의 세력이 마왕과 함께 꾸민 음모라는 걸 알면서도 그를 돕는 것입니까. 정녕 대륙은 어둠과 손을 잡는 것입니까. 그렇게라도 황제의 자리를 지키고 싶었습니까."

무언가를 바라는 의도가 담기지 않은, 순수한 의문에서 나오는 질문.

켄지는 정말 궁금했다. NPC가, 자체적으로 설정된 가치관이 확고하던 게 변할 수도 있는 것인가.

분명한 건, 한시민이 나타나기 전까지만 하더라도 황제에게 있어 마족들은 무슨 수를 써서라도 없애야 할 악이었다.

그런데 지금은 100%는 아니더라도, 어느 정도 추정하고 있음에도 한시민의 편에 서서 대신전을 견제하고 군대마저 일으켜 그들을 박멸하려 하고 있다.

고작 증거 없는 말 몇 마디를 명분 삼아.

이게 가능한 일인가.

"후후."

그런 켄지의 궁금증에 황제는 털털한 웃음을 내뱉을 뿐이었다. 동시에 하늘을 쳐다보며 입을 뗐다.

"많이 변했지. 많이 변했어."

"……."

"그 가운데 느낀 게 하나 있지."

황제의 미소는 어느새 켄지를 향했다.

"대륙의 평화는 결국, 신이든 마왕이든 누구에게 의존하는 것이 아니라 직접 지켜야 하는 것."

"……."

"그를 위해 이용할 수 있는 것이라면 그게 마왕이라도 나쁘지 않지."

대화는 거기까지였다. 황제는 더 이상 할 말이 없었고 켄지는 시간이 없었다.

서로의 뜻이 일치하자, 수백만 병사들이 무기를 뽑아 들었다.

그건 신호였다.

"돌격하라!"

"적을 박멸하라!"

다른 의미에서의 레전드 전쟁 영상의 탄생을 알리는.

천왕과 에피아의 싸움이 하늘 위의 전쟁이라면 이건 정말 인간적인, 유저들이 가장 공감할 수 있는 진흙탕 전쟁.

하늘을 뒤덮는 마법이 병사들을 앞질러 날아갔다. 마법들과 함께 진정한 지옥이 열릴 것이다.

양측에서 생성된 마법들이 서로를 교차하는 지점.

팟-

빛이 번쩍였다.

절대 마법들이 부딪쳐서 생기는 현상은 아니었다.

마법들은 그 빛에 소멸, 아니, 흡수되었다.

"……?"

"……?"

당연히 기선을 제압하기 위해 각자 최선의 마법을 준비했던 양쪽의 마법사들은 어이가 없을 수밖에 없었다.

특히 다이노의 황당함은 말로 이를 수 없었다.

"어떻게……."

그의 마법을 막을 수 있는 마법사가 있으리란 생각은 단 한 번도 하지 않았다. 그럴 수밖에 없는 게 그의 직업 자체가 모든 마법사의 위에 있지 않은가.

황당함은 금세 풀렸다.

모든 마법을 흡수한 빛이 사라짐과 함께.

"모두 동작 그만!"

개선장군이 돌아왔다.

2

많은 게 변했다.

변했지만 변하지 않았다.

제국은 다시 예전의 명성을 되찾았고, 아니, 그보다 더한 독재 체제를 구축했고 대신전은 정말 이름만 유지한 채 사제들이 신에게 기도를 올리고 사제로 전직하기 위한 곳으로 변했다.

켄지는 처참하게 죽음을 당한 뒤 도망자 신세가 되었고 마지막 전쟁에서 모습을 드러냈던 수많은 마족은 해방군의 이름을 단 인간들을 무자비하게 도륙한 뒤 그들 또한 대부분 산화한 채 다시금 도망쳤다.

전쟁의 영웅, 대륙의 영웅 한시민은 또 한 번 대륙에 이름을 날렸다. 대륙뿐 아니라 전 세계에도 그의 이름을 모르는 사람이 없을 정도로 일순 유명해졌다.

한시민.

시티즌 한.

세계 최초로 가상현실 게임 판타스틱 월드를 지배한 자.

메인 퀘스트를 클리어 한 자.

화제가 되지 않으려 해도 될 수밖에 없다. 물론 그의 근본은 여전했다.

"많이 벌었다. 본전 뽑았다."

200평이 넘는 펜트하우스 거실 한가운데에 킹사이즈 침대보다 넓고 푹신한 소파에 누워 뒹굴거리는 한시민이 만족스럽게 웃었다.

승자는 모든 것을 갖는다.

한시민은 승리했고 많은 걸 챙겼다.

명예로운 대륙의 영웅이라는 칭호까지 받을 정도로 대륙에서 얻을 수 있는 모든 걸 제국에 양보했음에도, 이사를 하느라 비워졌던 통장에 그 이상의 돈을 채워 넣을 정도로 천계에서의 수확은 정말 어마어마했다. 감히 공개하기조차 꺼려질 정도로.

무엇보다 이번 전쟁, 그리고 메인 퀘스트에서 얻은 가장 큰 수확은 따로 있었다.

"시민, 당신을 인정합니다. 앞으로도 좋은 거래 상대가 되었으면 하는데."

"물론이죠. 연락만 주세요. 전 언제나 오픈 마인드라 뒤끝 같은 거 절대 없으니까, 필요한 거 있으면 언제든지 말만 하세요."

호구가 패배를 인정한 것. 더 이상 호구와의 신경전으로 머리를 쓸 필요가 없다.

"후후후."

이것만으로 한시민은 더 이상 판타스틱 월드에 스트레스를 받지 않아도 될 것만 같았다.

뭐랄까. 평생직장에서 연금까지 받아먹을 길을 뚫은 기분이랄까.

"으으, 귀찮은데 좀 놀러 다녀야겠다."

박살 난 리치 왕국의 복구 사업이 시작됨과 함께 한시민과 스페셜리스트는 자취를 감췄다.

덕분에 복구에 필요한 비용 전부는 제국과 더불어 대륙의 기부금으로 진행되었다.

선글라스를 쓴 채 해변에 누워 칵테일을 마시는 한시민에게 강예슬이 물었다.

"오빠."

"어."

"에피아랑 천왕이랑 싸울 때 있잖아. 성역 그거 뭐야? 우리한테도 말 안 해줬던 거잖아."

"아아, 그거?"

비키니를 입은 채 옆으로 돌아누워 초롱초롱한 눈빛으로 묻는 질문에 대수롭지 않게 답해주었다.

"15강 도배하다가 최종 각성했더니 예전에 전대 강화사한테 받은 돌, 그거 쓸 수 있어졌더라고."

"그게 뭐하는 건데?"

"15강 한 아이템의 원하는 옵션 변경."

"헐, 그런 게 가능해?"

"하, 진짜 축복의 반지 옵션 나한테만 적용되는 걸로 바꿀까 2천 번은 고민했다."

"그거 때문이었구나."

"그거 믿고 간 거였지. 베타고 개자식 때문에 망할 뻔했지만."

"그래도 다행이다. 그런데 이제부터는 뭐 할 거야? 메인 퀘스트도 끝났잖아."

"뭐 하긴. 쉬엄쉬엄 놀러 다니면서 꾸준히 돈 벌어야지."

"여기서 더?"

"목표가 생겼거든."

"무슨?"

"켄지네 집 개만큼 부자로 사는 거."

장난스럽게 내뱉는 말엔 진심이 담겨 있었다.

진홍빛의 삽을 어깨에 멘 채 더 크고 화려해진 리치 영지에 도착한 노다•지가 곧장 영주 성으로 향했다.

테마파크 속 테마파크.

리치 왕국 VVIP만이 원할 때 세 번 입장권을 살 수 있는 특별한 테마파크 속, 연락을 받은 한시민이 어기적어기적 기어 나왔다.

"오셨어요?"

"사장님, 오늘 대박입니다."

"오, 뭔데요?"

"15강해서 팔아먹으면 최소 건물 하나 각입니다."

"보죠."

익숙한 듯 신경 쓰지 않고 하는 말에 한시민이 눈을 빛내며 물었다.

이젠 어지간한 물건으로는 체감될 만한 수익이 나오지 않아 만족하지 않는 한시민이지만 노다지는 언제나 자신감이 넘쳤다.

이건 그만이 할 수 있는 일이니까.

"이거 보십쇼. 하루 한 번, 남자의 정력을 트윈 헤드 오우거 만큼 3시간 동안 유지시켜 주는 장갑입니다."

"헉! 이런 귀한 걸 어디서……."

그 자신감은 어디까지나 한시민과 일을 하면서 획득한 것. 다른 사람의 자신감과 감히 비교할 수 있을 리 없다.

한시민이 무조건 반응할 것이라는 예상이 정확히 들어맞았고 실제로 한시민은 그 물건을 조심스레 쥔 채 그를 보았다.

"산성 회장님이 요즘 이런 거 하나 나오면 무조건 산다고 연락 달라고 했었는데."

"이걸 팔면 되겠군요."

"역시, 언제나 믿고 기다리는 보람이 있습니다. 하하."

"하하하. 이거 구하려고 금지까지 들어가 트윈 헤드 오우거 족장의 무덤 파헤치는데 다섯 번이나 죽었지만 보람이 있군요!"

물건은 충분히 한시민의 마음에 들었다.

그럼 이제 남은 건 흥정.

"30% 주시죠, 사장님."

"어허! 요즘 배가 많이 부르신가 봅니다? 자꾸 엔빵 하시려 하네."

"그냥 팔아도 충분히 벌 수 있을 것 같습니다만."

"서로에게 손해가 되는 짓은 하지 말죠."

"누이 좋고 매부 좋다는 게 뭐겠습니까."

"……."

"사장님 강화하시는 비용도 있고 판매 유통하는데 고생하시는 것도 있으니 깔끔하게 7:3으로 가시죠."

"내가 호랑이 새끼를 키웠네."

"예?"

"아닙니다. 그렇게 하시죠."

"감사합니다. 이번 달에 와이프 생일이라 차 한 대 뽑아주고 싶었는데, 덕분에 체면 좀 세울 수 있을 것 같네요. 하하."

한시민의 밑에서 많은 걸 배운 노다지는 훌륭하게 자신의 몫을 챙겨갔다.

물론 마음만 먹는다면 한시민은 최소한의 값만 지불하고 물건을 가져올 수 있었지만 그렇게 하지 않았다.

이제는 굳이 소액에 연연하며 살지 않아도 되기 때문. 돈에 연연하지 않아도 손해를 볼 일도 없다.

“어차피 생산 과정에서 추가적으로 발생하는 비용은 소비자에게 돌리면 되니까.”

“하하, 그럼요.”

누가 들으면 당장 소비자 고발원에 신고해도 이상하지 않을 말을 태연하게 내뱉은 둘은 칵테일을 주고받으며 성공적인 거래에 축배를 들었다.

3

켄지는 포기하지 않았다.

모든 걸 잃었음에도.

교황으로서 사용할 수 있는 직업 스킬에 제약은 걸렸지만 그 직업 자체의 고유 스킬들은 여전히 사용할 수 있었고 게임이라는 장점 속에서 지금껏 키워온 캐릭터의 스텟과 아이템은 여전히 존재했으니까.

돌아다닐 때마다 얼굴을 숨겨야 하고 도시나 성, 심지어 작은 영지조차 들어가는 데 제약이 걸린 상황이라 차라리 캐릭터를 삭제하고 다시 키우거나 뒤이어 만들어지는 다른 가상현실 게임을 시작하는 게 더 나아 보이는 상황임에도 켄지의 선택은 변함없었다.

아니, 오히려 더 열정적이었다. 켄지에게 있어 이런 시련과 고난은 태어나서 단 한 번도 겪어보지 못했던 미증유의 경험이니까.

언제 이렇게 밑바닥에 떨어져 보겠는가.

사업상 작은 트러블이 생겼던 적은 몇 번 있지만 이렇듯 모든 걸 잃고 나락으로 추락했던 적은 없다.

비록 게임이라지만 이곳은 또 하나의 현실.

아무리 다른 가상현실 게임들이 많이 생겨나고 있다고 한들 여전히 베타고가 만든 판타스틱 월드를 뛰어넘는 게임은 없었다. 이미 유저들 사이에서 메인 퀘스트가 끝났다고 판명난 상황에서도 시장 점유율 97%를 유지하며, 심지어 골드값마저 20만 원대에서 유지되고 있는 상황.

그런 또 하나의 현실에서 위기를 딛고 일어나고 싶었다. 그렇기에 더 열심히 게임했다.

노력은 배신하지 않는다 했던가, 노력하는 켄지에게 희소식이 들려 왔다.

"길마님, 속보입니다."

"뭐죠?"

"시민에게 교황의 무기가 있었다고 합니다. 그리고 그게 현재 경매에 부쳐질 예정이라고 합니다."

"정말입니까?"

"예, 혹시 개인적으로 연락이 오지 않았습니까?"

"얼마 전 돈이 좀 급한데 회생의 발판을 마련할 생각이 없느냔 연락이 오긴 했는데, 한 번 튕기는 게 좋을 듯해 거절했었습니다."

"그럼 정말일 가능성이 높습니다."

"돈이 얼마나 급했으면……."

"다시 연락하시는 게 어떠신지."

"아뇨, 경매에 올라온 걸 사는 편이 더 싸게 먹힐 겁니다."

"예, 알겠습니다."

좀처럼 찾아오지 않는 천운에 켄지가 서둘러 채비를 갖추었다.

경매는 리치 영지에서 진행되었다. VVIP만이 입장할 수 있는 경매장.

도망치는 인생이지만 한시민에게 권한을 사두어 성공적으로 몰래 입장한 켄지와 함께 시작된 경매.

다른 물품들은 제쳐놓고 기다렸다.

교황의 왕홀. 그것이 나올 때까지.

기다림은 경매의 마지막 물품까지 계속되었고 마침내 켄지가 그토록 원하던 아이템이 경매에 올라왔다.

[+15 신성한 교황의 왕홀]

* 등급: Epic Legendary

* 착용 제한: 전설의 레전드 교황

* 착용 레벨: 150

* 공격력: 376(+3,760)(착용자의 자격에 따라 변화)

* 옵션 1: 신성력 +10%(+100%)

* 옵션 2: 공격력 +100(+1,000)

* 옵션 3: 치유 및 성스러운 효과 시전 시 높은 확률로 '신의 가호' 효과 적용

* 특수 옵션 1: ??

* 특수 옵션 2: ??

* 특수 옵션 3: ??

눈앞에 떠오르는 왕홀의 찬란하고 화려한 홀로그램을 보자

일전에 했던, 적당히 간을 보다 프로다운 경매로 적절한 가격에 물건을 가져오겠다는 생각이 사라져 버렸다.

'저건 꼭 사야 해.'

저토록 켄지만을 향해 두 팔을 활짝 벌리고 날 가져달라고 애원하는 아이템 앞에서 어찌 이성을 잃지 않을 수 있단 말인가.

침을 삼키고 두 눈을 감는다.

생각했던 가격을 수정하는 사이 경매자의 목소리가 들려온다.

"해당 물품은 판매자께서 현금으로만 경매 진행하기를 요청한 물품입니다. 사전에 공지한 바이며 경매에 참여한 분들께선 달러로 환산한 가격으로 경매에 참여해 주시면 되겠습니다. 기준은 현 시간의 환율로 지정하겠습니다. 그럼 시작합니다."

그와 함께, 여기저기서 배팅이 시작되었다.

비록 착용 제한이 있는 아이템이지만 그냥 끼기만 해도 건물 한 채는 우습게 부술 수 있는 엄청난 아이템이기에 돈이 썩어나는 이들에게 에픽 레전드리 등급의 왕홀은 눈이 갈 수밖에 없다.

그렇기에 초반엔 가만히 있는 편이 낫다.

어차피 켄지처럼 확실히 구매하려는 생각을 갖고 참여하는 이들은 적을 테니 괜히 참여하며 가격 상승을 부추길 필요는 없으니까.

하지만 켄지는 이번엔 일반적인 패턴을 벗어나기로 했다. 값은 조금 더 들겠지만 귀찮은 과정을 생략하고 곧장 경쟁자들을 재낀다.

"1,000만……."

압도적인 가격과 함께 무슨 일이 있어도 난 이 물건을 입찰하리란 의지까지 내보인다면 깔끔하게 정리되리라.

분명 매력적인 아이템인 것은 맞지만 돈이 썩어나는 사람들이니만큼 썩어나는 돈을 함부로 낭비하고 싶은 이들은 없을 테니 취미 생활 이상의 금액이 나오면 다들 포기할 것이다.

"2,000만 달러."

"……!"

그런 기고만장한 생각과 함께 내지른 1000만 달러는, 다른 곳에서 터져 나온 두 배의 금액에 묻히고 말았다.

놀란 표정과 함께 고개를 돌렸지만 아쉽게도 배팅의 주인의 얼굴을 볼 수는 없었다.

그 또한 그런 이점 덕분에 이곳에 입장할 수 있었던 것이니.

인상이 절로 찌푸려졌다.

혹시 함정인가 싶어 한시민의 얼굴이 가장 먼저 떠올랐지만 그는 현재 다른 곳에서 강화 방송이나 하며 돈을 당기고 있는 걸 당장 5분 전에 확인하고 왔다.

게다가 함정이라 한들 여기서 포기할 순 없다. 어찌 됐든 본 이상 사야 한다.

마음을 이미 그곳에 빼앗겼는데 물건을 가져오지 못한다면?

생각해 본 적도 없다. 켄지 인생에서 그런 일은 단 한 번도 존재하지 않았으니까.

"3,000만 달러."

거기에 추가되는 또 한 명의 경쟁자까지.

켄지의 이성은 거기에서 끊어졌다.

$700,000,000

"억만장자 참 쉽다."

자산 관리자로부터 받은 계좌에 찍힌 금액을 보는 한시민의 입꼬리는 더 이상 말려 올라갈 공간이 없을 정도로 높아졌다.

수수료를 제하고 7억 달러, 한화로는 7천억 원을 단 하나의 아이템으로 벌어들이는 세상이 올 거라고 당장 2년 전만 해도 누가 생각이나 했을까.

하지만 실제로 그런 세상이 왔고 9시 뉴스 한가운데 걸린 소식에 구매자가 미쳤다는 반응보다 저런 아이템을 구매할 수 있는 행운과 돈이 있다는 것을 부러워하는 반응이 더 많았다.

정말 그런 세상인 것이다. 판타스틱 월드에 현금 7천억을 써도 그를 바탕으로 벌어들일 수 있는 이익이 더 많다고 판단되는 시대.

젊은 나이에 아무것도 안 하고 24시간 캡슐에 누워 게임만 하는 백수에 돼지라도 작은 성, 아니, 하다못해 작은 영지 하나만 가지고 있다면 누구나 결혼하고 싶어 하는 안정적인 직장의 재벌 취급을 받는 시대.

판타스틱 월드에서 만나 결혼하고 살림을 차리는 것에 이상함을 갖고 바라보지 않는 시대.

그런 시대가 왔다.

그러니 한시민 또한 어색해하거나 들뜨지 않은 채 겸허히 받아들였다.

이제는 확실히 말할 수 있었으니까.

"7천억 용돈으로 벌었으니 유람선이나 하나 살까."

작고 초라한 원룸에서 하루에 라면 한 끼 먹으며 빌빌대던 시절은 이제 잊었다.

초심?

그딴 거 세상이 멸망해 모두가 공평한 구석기 시대로 돌아가지 않는 이상 돌이켜 볼 수조차 없을 만큼 잘살게 되었다.

자리가 사람을 만든다고, 부자가 되었으니 부자답게 행동해야 한다.

부모님께 건물도 두 채씩 안겨드리며 효도도 했고 한여리 역시 빼어난 외모를 바탕으로 한시민의 사상까지 받아들여 승승장구하고 있다.

무엇보다 판타스틱 월드뿐 아니라 한시민은 이제 현실에도 충실하지 않은가. 아니, 일전에 판타스틱 월드에 하루 20시간씩 투자하던 시절을 생각하면 지금의 판타스틱 월드는 취미생활 그 이상도 이하도 아니다.

"오빠, 그럼 유람선 사는 김에 놀러 가자."

"기름값은 네가 내?"

"응, 아빠가 이번에 패션 쪽 계열사 하나 줘서 나도 부자라고. 헤헤. 내 돈 벌어서 낼 거야."

"그래."

"가서 우리 아기나 만들고 올까?"

"끔찍한 소리는 하지 말고."

결국 한시민에게 게임은 어디까지나 현실을 위한 돈벌이 수단이었으니까.

4

황제의 침실보다 넓은 방.

방 한편을 차지하고 있는 커다란 침대에 누워 뒹굴거리는 한시민의 귓가로 문을 두드리는 소리가 들려온다.

조심스럽게 열리는 문.

배가 한층 더 풍요롭게 부른 보좌관이 결연한 표정으로 들어왔다.

“무슨 일이에요?”

“영주님, 큰일 났습니다.”

“왜요, 천족들이라도 찾아왔어요? 천왕 죽인 복수한다고?”

하나 심각한 표정의 보좌관과 달리 한시민의 표정은 여전히 여유로웠다. 설령 죽었던 천왕이 살아 돌아와 복수하겠노라 해도 발 하나 꿈쩍 않을 기세.

누가 말리겠나.

보좌관이 옅은 한숨을 내쉬며 고개를 저었다.

“아닙니다. 그보다 더 무서운 분께서 찾아오셨습니다.”

“누구요?”

이렇게 말했음에도 눈치채지 못하는 영주의 태도가 영 불만스럽지만 보좌관은 투덜댈 수 없었다.

명실상부한 대륙 1등 영지, 그를 넘어 하나의 왕국이 되고 제국과 어깨를 나란히 하기까지 한시민이 없었다면 절대 이루어내지 못했을 테니까.

“황제 폐하십니다.”

"어? 장인어른이요? 여기까지?"

"예, 직접 오라는 서찰이 열여섯 번이나 왔었지만 영주님께서 못 본 척하시는 바람에, 직접 찾아오셨습니다."

"하아, 귀찮게."

어쨌든 그래도 대륙에서 현재 그보다 유일하게 위에 있는 존재, 황제가 왔다는 말에 처음으로 한시민이 반응했다.

누워 있던 침대에서 몸을 일으켜 크게 기지개를 켠다.

"로그아웃이나 할까."

"안 됩니다, 영주님. 제발."

그리고 내뱉어지는 무책임한 말에 보좌관이 질색하며 달려들었다.

그 역시 한시민에게 보고 배운 게 있어 황제의 앞에서 결코 꿇리지 않을 자신이 있다지만 그건 어디까지나 자신의 의견을 당당하게 피력하는 범위 내에서의 이야기.

황제는 여전히 대륙의 지배자이자 왕이다.

그런 황제를 직접 오게 하는 것도 모자라 만나기 싫어 도망친다?

"폐하와의 면담 후 이번 분기 리치 왕국의 수익 분배에 대한 이야기를 하겠습니다."

"치사하네."

"폐하께서 노하셨습니다. 중요한 이야기인 것 같은데 한 번

만나 뵈심이 좋을 것 같습니다."

"알았어요."

결국 한시민이 항복했다. 추리닝으로 디자인된 헐렁한 옷을 질질 끌며 한시민이 집무실로 향했다.

"여전하군."

"오랜만입니다. 장인어른."

"내 서찰은 귀찮아서 답하지 않았겠지?"

"좀 바빠서요."

"누워 자느라 바빴겠지."

"무슨 일이세요?"

대륙의 황제와 일개 백성이 나누는 대화라고 보기엔 너무나도 위험천만한 수위.

하지만 황제는 결코 흔들리지 않았다. 그의 멘탈이 강하기 때문이 아니다. 높은 자리에 있어서 이런 미친한 존재의 버르장머리 정도를 이해하는 것도 아니다.

그냥 해탈한 것이다.

"부탁할 게 있어 왔다."

그러다 보니 말투에 연연하지 않고 하고 싶은 말을 마음껏 내뱉을 수 있었다.

인간 대 인간으로. 황제의 자존심을 버리고.

그런 무덤덤한 말투에 한시민의 미간이 살짝 찌푸려졌다.

"뭐죠? 그 불길한 말투는? 상당히 귀찮고 손해 보는 부탁을 할 것만 같은데."

본능 하나는 타고난 한시민의 뒷걸음질은 틈을 주지 않고 파고드는 황제의 말에 차단당했다.

"제국을 공주에게 넘기고자 한다."

다행히 한시민에게는 그리 어려운 부탁은 아니었다. 이게 부탁인지도 애매했지만.

"그러세요."

어차피 배부르고 등 따뜻한 요즘 여기저기 돌아다니며 노는 재미로 게임하던 차였다.

신규 유저의 유입도 대거 늘었고, 커뮤니티에선 메인 퀘스트가 끝난 것인지 혹은 다음 메인 퀘스트 또한 존재하지만 지금은 조건이 되지 않아 보이지 않는 것인지에 대한 토론 끝에 결국 판타스틱 월드의 세계관 특성상 메인 퀘스트가 나중에 또다시 생길 가능성이 높다는 쪽으로 결론도 나고 있었고.

말하자면 휴식기다.

너무 상향 평준화된, 그래 봤자 한시민과 스페셜리스트 한 정이지만 기존 유저들이 따라올 때까지 놀면서 쉬엄쉬엄해도 된다.

그런 상황에서 제국을 둔 새로운 경쟁의 시작?

생각만 해도 머리가 아프다. 거기다 황제가 여기까지 와서 말한다는 건, 그럴 필요조차 없다는 뜻.

한시민의 허락이 필요하다는 말은 곧 허락하지 않으면 제국은 자연스럽게 그의 것이 된다는 말이니까.

"여황제는 안 되나 봐요?"

"된다. 하지만 혼인하지 않았을 때의 이야기지. 황족의 혼인은 곧 황제가 되겠다는 자격의 포기를 의미한다."

"에이, 그럼 제가 그러라고 해도 될 문제가 아니잖아요?"

"그걸 이번에 깨려고 한다."

"……."

참, 이 양반도 어지간히 많이 변했네. 쯧쯧.

혀를 차며 고개를 흔든다.

확실히 마왕과 결탁한 걸 알고서도 대륙을 켄지에게 뺏기지 않기 위해 군대를 일으켰을 때부터 알아봤지만.

"뭐, 나쁘지는 않네요."

융통성이 생겼다는 건 절대 나쁜 소식이 아니기에 긍정적인 답변을 내놓았다.

제국의 주인. 대륙의 주인.

분명 요즘 같은 세상에, 판타스틱 월드가 하나의 포토폴리

오가 되는 시대에 이런 타이틀 하나쯤 갖고 있는 건 나쁘지 않은 일이다.

하지만 그를 위해 이렇게 먼저 숙이고 들어오는 황제와의 전면 대결을 구상한다?

'지금은 아냐.'

한시민은 이제 미래를 계획하고 분배할 줄 아는 여유가 생겼다.

지금 해도 휴식기에 무료함을 느끼는 시청자들의 시간을 즐겁게 하고 돈을 벌 수 있겠지만, 쉬는 분위기 속에서 과열된 전쟁은 오래가지 못한다.

나중에, 좀 더 나중에 무언가 에피소드가 펼쳐졌을 때 해도 늦지 않다.

'어차피 황녀도 내 편이고.'

사실상 이편이 더 나을지도 모른다. 어떤 식으로든 황제가 된다면 업무의 파도에 시달리게 될 테니까.

"제가 포기하기만 하면 되는 거예요?"

"반대하는 세력 앞에서 그렇게만 말해준다면, 나머지는 알아서 하겠다."

"그러죠, 뭐. 우리 공주가 황제가 되는 거면 리치 왕국의 왕으로서 굳이 마다할 필요가 없는 상황이니."

"고맙군."

"대신, 계산은 확실히 해야겠죠?"

"……."

"이번에 제국에서 발견한 북부 금지의 거대 금맥 있죠? 그거 저 주세요."

"도둑놈이 따로 없군."

"제국을 훔치는 것보단 금맥 하나 훔치는 게 낫잖아요?"

"……알았다."

서로가 상생하는 거래는 훌륭하게 성립되었다.

황녀가 황제에 즉위하고 반대하는 세력에 대한 즉각적인 응징이 시작되었다.

새로운 황제에 오른 여황제는 전대 황제보다 더 폭군이었고 더 잔인했으며 손속에 한 치의 망설임도 없었다.

그럼에도 사람들은 새로운 황제에게 환호했다.

우선 예뻤고, 손속이 단호한 만큼 그녀의 품에 들어오는 왕국들과 백성들에겐 더할 나위 없는 정을 베풀었기 때문.

당근과 채찍. 그녀는 그걸 누구보다 훌륭하게 해냈다.

휴식기에 접어들고 누구도 제국에 대들지 않게 되었음에도 편 가르기에선 제국에 반항하는 무리가 속속들이 나타났고 새로운 질서를 확립하기 위한 전쟁은 하루하루 끊이지 않았다.

그런 와중에 가장 신경 쓰는 건 복지 정책이었다.

"대륙 사람들과 모험가들을 이어주는 가장 큰 역할을 한 리치 왕국에 지원을 아끼지 마세요. 대륙이 성장하고 추후 있을 위험을 막기 위해 가장 필요한 것은 모험가와 대륙 사람들의 조화입니다."

속이 뻔히 보이는 말이었음에도 누구 하나 반박할 수 없었다.

"아주 공평하고 정당하게 선정한 내용이니 반대 의견이 있다면 언제든 말씀해 주세요."

"저, 황제 폐하."

"아! 물론 이의를 제기하는 분들께선 얼마나 공명정대하신지 확인을 해본 뒤 판단하겠습니다."

"……."

그 날 이후, 유저들뿐 아니라 NPC들 사이에서도 이상한 소문이 돌기 시작했다.

"대륙의 주인은, 사실 리치 왕국의 왕이라며?"

"황제 자리를 포기한 이유가 귀찮아서라는 말이 있어."

"어젯밤 리치 왕국에서 서찰이 하나 왔는데 그다음 날 리치 왕국에 대해 수군거리던 다섯 귀족이 사라졌다지?"

천족은 에피아가 없을 때 마계마저 집어삼킬 기세로 돌아다녔지만 마족들은 그러지 않았다.

이유는 모른다. 다만 천족들에겐 하늘이 준 기회나 다름이 없었다.

회생할 기회.

물론 천족들은 어째서 마족들이 그들을 멸족시킬 기세로 들이닥치지 않는지에 대한 의문을 여전히 가지고 있었지만 그런 걸 따질 때가 아니었다. 하루빨리 새로운 천왕을 뽑고 정비해야 한다.

문제는 누가 천왕의 자리에 오를 것이냐.

마음 같아선 천족들 누구나 천왕이 되고 싶어 한다. 특히 천족들은 마족들처럼 서열을 나누어 천왕이 되는 것이 아니기에 더더욱 그렇다.

천왕이 되면 자연스레 신과 가까워지고 자연스레 그 자리에 맞는 힘을 가질 수 있다. 그렇기에 한 자리에 모인 천족들은 서로 눈치를 봤다.

눈치 보는 시간은 그리 길지 않았다. 아무리 서열이 없다지만 천족들 사이에서도 등급이 존재했기에.

"내가 임시로 천왕의 자리에 앉겠다."

천왕 다음의 직권을 행사하고 있던 천족이 나섰다. 그와 함께 미리 그에게 포섭된 몇몇 상급 천족과 최상급 천족 또한 거들었다.

많은 준비를 했고 다들 눈치를 볼 때 당당하게 치고 나간 것이라 쉽사리 반박이 들어오지 않았다. 무엇보다 그들의 기세는 흉흉했다.

"지금처럼 어수선한 분위기에 서로 치고받고 싸울 때가 아니다. 천왕의 자리가 중요한 게 아니라 또다시 치고 들어올지 모르는 마족을 대비하는 게 최우선! 그런 분위기를 망치는 자는 마족의 개가 되었다고밖에 볼 수 없지 않나?"

명분도 충분했다.

임시 천왕이 되기로 한 천족이 회심의 미소를 지으며 다 부서진 천왕성을 향해 걸음을 옮겼다. 비록 파괴되어 아무것도 남지 않았지만 성이야 다시 복구하면 그만이다.

"후후."

중요한 건 천왕이 되었다는 것. 신이 선택하는 자리에 오르는 건 어떤 의미에서든 뜻깊다.

"잠깐!"

그런 상황에서, 누구도 목소리 내지 못하는 이곳에서 유일하게 발걸음을 막는 청초한 목소리가 들려왔다.

가늘지만 단단한. 자신감이 넘치고 동시에 신앙심이 가득한 목소리.

천족들이 고개를 돌린 곳엔, 낯익은 얼굴이 있었다.

"아리아?"

"살아 있었어?"

"어째서 이곳에……."

"마왕에게 넘어간 게 아니었나?"

웅성거림과 함께 아리아가 들고 있는 무기가 무엇을 뜻하는지 눈치챈 임시 천왕을 노리는 최상급 천족이 다급하게 외쳤다.

"마족에게 다리를 벌린 저 배신자가 어디 뻔뻔하게 얼굴을 들이미느냐! 당장 꺼져라!"

치욕적인 모욕에도 아리아의 표정은 변하지 않았다. 다만 진홍빛을 흘리는 무기를 뽑아 들 뿐이었다.

"천계는 오늘부터 바뀔 것입니다. 더 이상 그 어떠한 외세에 굴하지 않고 자력으로 견뎌낼 수 있도록. 그를 위해 마계의 방식일지라도 도움이 된다면 적극적으로 수용하는 바입니다."

그 날, 천계의 주인이 바뀌었다.

5

현실의 땅을 팔고 판타스틱 월드의 땅을 사라!

요즘 부동산 업계에 흐르는 말이다.

당연히 개소리로 듣고 웃으며 흘려야 하는 말. 어찌 언제 망할지 모르는 데이터 쪼가리 땅을 사기 위해 현실의 땅을 판단 말인가.

거기다 현실에서는 자연재해나 전쟁이 터지지 않는 이상 안정적으로 땅을 갖고 있을 수 있는 반면, 판타스틱 월드에서는 언제 그 땅이 전쟁으로 혹은 NPC들의 횡포로 빼앗길지 모른다.

잠을 자도 내 땅이 무사한지 걱정하며 두 다리도 쭉 펴지 못한 채 자야 하는 위험천만한 도박.

그럼에도 이런 말이 도는 건 결코 우스갯소리들이 아니었다.

"월세가 말도 안 된다."

"대부분의 땅은 귀족이나 NPC들의 소유라 괜찮은 위치에 건물 하나만 가지고 있어도 현실에서 받아먹는 월세의 다섯 배는 받을 수 있다."

"알아보니까 귀족 놈들은 양심을 드래곤 뱃속에 내다 팔고 와서 월세로 걷는 것도 아니고 버는 것의 80%를 떼어간다더라."

현실과 게임의 차이. 도박을 해도 충분한 이익이 남을 만큼의 보상이 돌아온다. 그러니 어찌 사람들이 투자하지 않겠는가.

돈이 썩어 넘쳐 부동산업 정도는 자산을 보다 효율적으로 관리하고 세금을 관리하는 사람 혹은 휴양 또는 사회적인 지위를 유지하려는 사람이 아니고서야 전부 은행 이자보다 더 많은 돈을 벌기 위해 건물을 구입한다.

구입할 돈이 없는 사람들이 더 많지만 구입한다 생각했을 때 가장 많이 고민하는 것은 단 하나.

얼마나 빨리 원금을 회수할 수 있느냐.

그 시점부터가 얼마나 많은 돈을 벌 수 있느냐의 갈림길이다.

그러다 보니 현실에서 다섯 달 동안 벌어야 할 걸 적당히 좋은 땅에 건물 하나 짓고 NPC들이나 유저들에게 빌려주면 한 달 만에 벌 수 있는 판타스틱 월드의 임대업이 자연스럽게 활성화될 수밖에.

덕분에 판타스틱 월드에 부동산 열풍도 없어졌다.

대표적인 현실에서의 사업, 게임에서는 결코 성공할 수 없는 사업에 청신호가 불면서 뉴스에도 오르락내리락했고 동시에 판타스틱 월드에 인생을 건 게이머들의 입지가 더 높아졌다.

모험가들이 아무리 NPC들에게 천대받던 시절은 잊고 대등한 수준까지 올라왔다고 해도 그건 어디까지나 레벨을 어느 정도 올린, 판타스틱 월드에서의 경험이 1년 이상 되는 유저들에게나 해당되는 이야기.

이제 막 캐릭터를 생성하고 꿀이나 빨아 보겠다고 땅을 보러 돌아다니는 1레벨 모험가들에게도 친절할 NPC들이 아니었다.

그러다 보니 땅을 구입할 수 있는 유저들은 많은 콜을 받았다. 설령 작은 시골일지라도 유동인구가 어느 정도 있는 영지의 땅을 구매해둔 유저라면 재테크가 원활하게 이루어졌다.

나날이 판타스틱 월드의 땅값은 폭등했고 부동산 업계의 새로운 시장이라며 연일 회자되었다.

일부 사람들은 너무나도 빠른 유입과 더불어 판타스틱 월드 역시 현실처럼 레드 오션이 되는 게 아닐까 걱정을 표했지만 그것은 몇 달간 이어지는 상승세에 묻혔다.

이제 어느 땅을 사고 어느 땅을 사지 말아야 할지에 대한 판단을 하루 종일 땅만 사고파는 사람들이 정의를 내리려던 찰나.

-아인 왕국에 강화소 건물 올라왔다.

칸이 한시민에게 넘겼던, 그 건물이 매물로 등장했다.

처음부터 생각하고 있긴 했다.

"스승님, 이 건물은 아무리 생각해도 강화소로 쓰긴 좀 아깝지 않나요. 카페 하나 차리면 기가 막히게 돈 벌 거 같은데."

애초에 왜 이렇게 명당의, 그것도 좁지도 않은 건물 하나를 통째로 강화소로 쓰고 있는 걸까.

물론 강화 비용 또한 만만치 않기에 먹고사는 데는 별다른 문제가 없었지만 그건 어디까지나 칸의 관점.

결국 리치 영지에 건물을 하나 내주는 대가로 아인 왕국의 강화소를 넘겨받았고 팔 때가 왔다.

"스승님, 그냥 여기 다시 드릴 테니 여기로 가실래요?"

"안 가."

사실 임대업을 한다는 관점으로 볼 때, 이제는 제국 다음으로, 아니, 제국과 비교해도 절대 꿇리지 않는 핫 플레이스가 된 리치 영지의 한복판에 있는 건물을 임대하는 것이 훨씬 더 많은 이익을 볼 수 있지만 싫다는데 어쩌겠나.

"확 내쫓아버릴까."

돈에 쪼들리는 생활을 했다면 충분히 그러고도 남았지만 여유가 조금 생긴 한시민은 스승을 위해 손해를 감수했다.

-카페, 음식점, 등등 모든 업종 환영! 아인 왕국 NPC들 월 1회 이상 방문 보장.

사실 이제 와서 그런 게 중요하지 않았으니까.

게임 시작부터 끝까지 매듭을 지은 한시민은 판타스틱 월드에서에 한해 왕이나 다름이 없다.

사람들 또한 시세가 형성되지 않은 판타스틱 월드의 부동산 상황에서 이런 프리미엄이 붙은 땅에 투자하기를 아끼지 않았고.

그렇게 비싼 값에 아인 왕국의 강화소, 한시민의 전설이 시작되었던 강화소 내부는 현실의 카페로 탈바꿈되었다.

6

토끼들은 한층 자유로워졌다. 메인 퀘스트가 완료되고 나서 한시민은 영지에 처박혀 나올 생각도 않았고 가끔 하는 강화도 카르디안이나 데리고 가서 쉬엄쉬엄했기 때문.

토끼들이 할 일은 조금도 없었다. 따라다녀서 나쁠 건 없지만 한시민은 토끼들이 노는 것 또한 허용하지 않았다.

"나가서 돈 벌어와. 부하들도 좀 만들고. 레벨도 많이 올렸는데 언제까지 나 뒤치다꺼리시킬 거야. 이제 가서 효도해야지."

"뀨뀨."

그래도 양심은 있는지 토끼들의 장비를 한 단계 더 업그레이드시켜 주었다.

레벨도 충분하고 장비도 빵빵한 토끼들은 신나서 영지를 나섰다.

매일 한시민의 뒤나 쫄쫄 따라다니며 아이템이나 줍고 다녀서 그렇지 사실 토끼들 또한 야망이 있었다.

"뀨뀨!"

"뀨!"

우리도 먹이사슬의 최강자가 되어보자!

언제까지 밑바닥에서 초보 모험가들의 먹이나 될 것인가!

우리가 위에서 내려다보는 세상을 만들어 보자.

힘찬 파이팅과 함께 토끼들이 가장 먼저 향한 곳은 여전히 고통받는 동족들의 땅이었다.

수많은 영지와 성 주변, 널리고 널린 토끼들. 매일 같이 울려 퍼지는 토끼들의 애달픈 울음소리. 그걸 잡고 낄낄 대는 모험가들!

토끼들의 눈엔 당연히 악의 무리일 수밖에 없다.

"뀨뀨!"

사실상 그렇게 따지면 한시민이 세상에서 제일 쳐 죽일 놈이지만 아쉽게도 자본주의와 생명의 위협을 느낀 토끼들은 현실은 외면하고 약자에게 이빨을 드러낼 줄 아는 한시민의 특성을 고스란히 보여주었다.

"뀨우!"

그렇게 토끼들의 반란이 시작되었다.

"으억! 뭐야!"

"이 토끼 왜 이렇게 세?"

"으아악! 한 방에 죽는다!"

신규 유저들은 찍소리도 하지 못하고 토끼들의 앞발치기에 생을 다한다.

여기저기 커뮤니티에서 불만의 소리가 터져 나왔지만 귀 기울여 주는 유저는 아무도 없었다.

-그거 시민이네 토끼들이잖아.

-그냥 뒈져. 운이 나쁘네.

-부럽다. 나도 토끼들 한번 보고 싶었는데.

어지간히 판타스틱 월드를 플레이해 본 유저들이라면 다 아는 사실이니까.

거기다 더 중요한 사실 또한 인지하고 있다.

-그 토끼들 건드렸다가 무슨 화를 당하려고.

-예전에도 돌아다니는 토끼들 죽으면 뭐, 게임인데 별로 신경 쓰지 않는다 해놓고 전쟁에서 토끼 죽인 왕국 찾아내서 개박살 냈다더라. 캐릭터 삭제되고 싶지 않으면 굳이 나서지 않는 게 상책.

-건들지 않는다고 해도 애초에 그 토끼들 잡을 수 있는 방법이 없음. 내가 알기로 토끼 하나 레벨이 랭킹 2천 위랑 비슷한데 거기에 15강 장비들까지 입고 있잖아. 토끼 죽일 원정대면 차라리 드래곤 슬레이어나 트라이해라.

사소한 해프닝은 금세 끝났다.

얼마 지나지 않아 토끼들은 자취를 감췄으니까.

문제는.

-뭐야, 전국의 토끼들 다 어디 갔냐.

-동남쪽 리인츠 영지인데 토끼들 다 사라짐.

-북부도 없음.

-단체로 파업했냐.

-아, 토끼 안 잡으면 뭐 잡고 업함.

한시민의 토끼만 자취를 감춘 게 아니라는 것.

먼 훗날, 판타스틱 월드의 생태계의 역변을 일으킬 혼란의 시작이었다.

수달이도 다시 산맥으로 돌아갔다.

광산을 만들고 광맥을 잇는 게 수달이에게 있어 일생의 업보이자 행복.

한시민에게 붙잡혀 착취당했지만, 이제는 한시민이 수달이를 놓아주었으니 자연스럽게 돌아가는 게 맞다.

물론 한시민이 금을 낳는 수달을 쉽게 놔줄 리가 없다.

"야, 수달아. 돌아가면 무조건 금광만 만들어. 알았어?"

"꾸엉?"

"금, 황금 말이야. 인마."

"꾸어엉……."

거의 노예 수준으로 착취 수준이다.

수달이가 광산을 만드는 건 어디까지나 즐거운 마음에서 우러나와야 하는 거지 누가 만들라고 다 만드는 거면 그건 취미 생활이자 인생의 즐거움이 아니라 고통과 고난과 스트레스가 될 뿐.

수달이는 그 점을 적극 어필했다.

"꾸엉! 꾸어엉, 꾸어엉."

네가 원하는 바는 적극적으로 수용하겠다. 하지만 나도 생명이다. 생각을 할 줄 알고 원하는 보석도 만들고 싶다.

처음으로 내뱉는 자신의 의견을 말한 수달이의 어깨가 움찔했다.

감격스럽다. 내가 주인에게 이런 말을 하다니!

무엇보다 내뱉고도 잘못된 것이 아님을 확신할 수 있다는 게 좋았다.

나도 주인이 여기까지 오는데 많은 역할을 했고 앞으로도 많은 도움이 될 수 있다! 그러니 서로 윈윈하자.

만약 그 대상이 한시민만 아니었다면, 수달이는 원하는 대로 원하는 대화를 이끌어 나갈 수 있었을 것이다.

"아니, 이 자식아. 이게 다 너 좋고 나 좋고 빼액이 좋고 우리 전부 좋자고 하는 일인데. 너 자꾸 이럴 거야? 오랜만에 정신 교육 한번 들어갈까?"

"꾸엉……."

"날 자꾸 흑화시키지 마라, 수달아. 형 요즘 머리 아프다. 대화로 하자, 대화로."

대화로 하자면서 자꾸 머리 위로 들리는 진홍빛 망치는 수달이를 움츠러들게 만들었다.

어쩌겠나. 까라면 까야지.

수달이가 입을 삐죽 내밀고 고개를 푹 숙였다.

내가 주인에게 착취당하며 매일 당하는 인간들과 다를 게 무엇인가에 대한 회의감부터 시작해 오만가지 생각이 다 들었다.

억울하기도 했다. 차라리 광산 절벽에서 콱 떨어져 죽어버릴까 싶기도 했다.

그래. 결심하자 용기가 생겼다. 어차피 죽을 거, 할 말은 하고 죽자.

이제는 죽어도 하고 싶은 일만 할 거다!

"잘하자."

"꾸엉!"

말이 통했다고 생각한 한시민이 어깨를 두드리고 돌아서려 하는 걸 붙잡았다. 그리고 말했다.

아니, 말하려고 했다.

"아! 그리고 이거."

"꾸엉?"

"다 이유가 있으니까 금만 만들라고 한 거야. 내 맘 알지? 이건 그냥 시작일 뿐이야. 잘만 되면 이런 거, 네가 만들지 못하는 보석 잔뜩 가져다줄 수 있다고."

"꾸어엉?"

어느새 수달이의 손에 쥐어진, 그가 들고 있던 두 개의 마계의 보석보다 더 칠흑의 영롱한 보석.

마계의 중심, 마왕만이 다룰 수 있다는 보석은 굳이 확인하지 않아도 희귀하고 특별해 보인다.

그걸 본 순간 이성이 끊어졌다.

"꾸어엉!"

"그래, 자식아. 형 믿지?"

"꾸엉!"

"그래, 그래. 금, 무조건 금이야. 금."

"꾸어엉!"

네, 주인님.

수달이가 고개를 끄덕였다.

7

에피아는 마계로 돌아가지 않았다.

"인간 세상이 더 재미있어. 내 반려랑 함께 있을래."

물론 반발은 거셌다.

"안 됩니다! 마왕님! 마왕님께서 부디 마계를 지탱해 주십시오!"

"마왕님이 없으면 저흰 살 수 없습니다!"

"어찌 대륙에서 힘을 봉인당한 채 살려 하십니까!"

당장 마왕이 힘이 없다고 배신하려 했던 수많은 마족의 빛과 같은 태세 전환!

전쟁을 제압한 그녀의 압도적인 힘은 마족들로 하여금 다시 고개를 조아리게 만들었다.

게다가 지금처럼 혼란스러운 시기엔, 마족들의 피해도 막심한 때엔 에피아처럼 확실하게 혼란을 잠재울 절대자가 필요한 법.

나중에 마왕의 자리를 두고 도전을 하든 말든 생각할지언정 지금은 마계라는 공통된 그들의 보금자리를 지켜줄 이가 필요했다.

거기에는 한시민의 반발 역시 심했다.

"그냥 돌아가는 게 어때? 여자가 너무 남자만 보고 사는 건 좋지 않아. 특히 요즘 같은 세상엔 말이야. 서로 사랑하고 의지하되 자기 할 일은 하면서, 돈도 같이 벌어오고 혹시 무슨 일이 생기더라도 혼자 꿋꿋이 살 수 있을 만큼의 준비는 해놔야지. 남편한테 빨대 꽂고 집에서 놀고먹을 생각만 하면 안 돼."

"……."

여전히 판타스틱 월드에서 숭고한 사랑이니 뭐니 할 생각은 조금도 없었다. 특히 요즘은 강예슬과 달달하게 지내고도 있었고.

다만 더 이상 판타스틱 월드의 NPC들이 단순한 데이터 쪼가리가 아님을 인지하고 있기에 내뱉은 말이다.

한시민이 평생 판타스틱 월드를 한다는 보장도 없을뿐더러, 할 수 있다 한들 그는 앞으로 60년 남짓 더 살고 세상을 떠날 인간이다. 반대로 에피아는 게임이 망할 때까지 영생을 살 테고.

판타지 소설에서나 나오는 종족의 벽을 새삼 느끼며 배려해 주는 것.

"절대 귀찮아서가 아냐. 내 맘 알지?"

"……역시 인간은 한 여자로 만족하지 못한다더니 사실이었어."

"아니, 그게 무슨 소리야."

"서큐버스 여왕인 내 몸과 마음을 가져가 놓고, 이제 와서 버리겠다니."

"……."

"괜찮아, 그래도 서큐버스의 순수한 사랑은 언제까지나 이어질 테니. 기다리고 있을게. 마음 같아선 다 죽여 버리고 나만 소유하고 싶지만. 내 순결을 가져간 사랑을 지키고 싶은 마음이 인간들을 보며 조금 생겼어."

뭐 이런저런 해프닝과 함께 마계로 돌아가지 않겠다는 에피아는 결국 뜻을 꺾고 마계로 향했다.

마계로 돌아온 에피아는 혼자가 아니었다.

"마왕님, 정말 감사드립니다. 진짜 그 거지 같은 인간의 밑에서 개 노릇을 할 때면 차라리 내가 죽어버리고 수백 년 뒤에 환생할까 하는 생각이 하루에 열여덟 번도 더 들곤 했는데 진짜 정말로 감사드립니다."

"그랬어?"

"네, 어쭙잖은 계약서에 잘못 서명했다가 마족의 체면 다 버리고 울며 겨자 먹기로 살았습니다. 발랄한 천족 년하고 함께 그 치욕을 공유하지 않았다면 이미 미쳐 버렸을지도 모릅니다."

그로킬레 또한 따라왔다.

메인 퀘스트 후반부엔 거의 존재감이 없어 살았는지 죽었는지도 신경 쓰이지 않았던 그가 에피아를 보좌한다는 명분하에 냅다 한시민을 벗어난 것.

물론 한시민이 허락해 주지 않았으면 절대로 불가능했을 일이다. 하나 한시민은 생각보다 쉽게 고개를 끄덕였었다.

"그래, 네가 여기 있어 봤자 돌아다니다가 처형밖에 더 당하겠냐. 가서 에피아 심심할 텐데 좀 놀아 줘."

"감사합니다! 감사합니다, 주인님!"

"뭘 이런 거 가지고. 우리 계약이 끝난 것도 아니고 서로 갈 길을 가면서 우리의 관계는 유지하는 건데."

"물론입니다! 전 평생 주인님을 잊지 않고 모시겠습니다!"

"그래야지, 그럼 에피아 잘 데리고 있어. 아픈 데 없나 잘 살피고, 나중에 확인하러 간다."

"예! 예! 물론입니다."

당연한 말이지만 그로킬레는 한시민이 개소리를 한다고 생각했다.

'지가 무슨 재주가 있다고 확인하러 와. 보나 마나 마왕도 데리고 있기 귀찮아서 보내는 거 같은데. 잘 됐다. 저 인간이 나에게 관심이 떨어졌을 때 얼른 도망가 버려야지.'

무슨 제주도 비행기 타고 가는 것도 아니고 대륙과 마계의 차이다. 올 방법이 전혀 없는 게 아니라는 것쯤은 이미 알고 있지만 그렇다고 그게 현재 상황에서 큰 변화를 불러올 것이라는 생각은 하지 않았다.

'어차피 마계 오는 건 저 주인 놈이, 아니지 인간 놈이 많은 돈을 써야 하는 거니 절대 그럴 일은 없을 거야. 만약 온다고 해도 숨어 있으면 나 같은 건 신경도 쓰지 않아 찾을 일도 없겠지.'

서당 개 3년의 힘으로 그로킬레 또한 한시민에 대해 잘 알게 되었고 어느 정도는 적중했다. 그렇기에 마계에 도착한 그는 표정을 풀 수 있었다.

"그럼 마왕님, 편안한 시간 되시고 언제든 필요한 게 있으면 불러 주십시오!"

"그래."

"그럼 이만……."

"어디 가게?"

"예?"

"어디 가려고?"

"아, 전 이제 마왕님의 편안한 휴식을 위해 자리를……."

"필요한 게 있으면 부르라며?"

"예, 그건 필요한 게 있으면……."

"마왕성에 있던 시종들이 천족들에게 다 죽었어. 임시로 네가 시종장 해."

"예?"

"왜, 싫어?"

"아니, 싫은 건 아닌데……."

"그럼 나 한숨 잘 테니 시종들 알아서 뽑아놓고 일하고 있어."

"……."

"아, 그러려면 직위가 필요하겠지? 오늘부터 넌 최상급 마족이야. 내 곁을 보좌하는 제1군단장."

"……."

다시금 찌푸려지는 건 얼마 걸리지 않았지만.

판타스틱 월드에 휴식기가 오고 침체될 것이라는 수많은 예상을 뚫고 오히려 한층 더 많은 유저들이 유입되었다.

이유는 하나였다.

-기존 유저들과의 차이를 좁힐 수 있는 기회!

판타스틱 월드 자체적으로 열리는 이벤트는 없었지만 많은 유저가 자신들의 두 번째 세상을 더 활발히 알리고, 다른 사람들도 쉽게 적응하고 즐기게 해주기 위해 자체적으로 신규 유저에 대한 이벤트를 열고 도움을 주다 보니 그럴 수밖에 없었다.

또한 NPC들도 모험가가 늘어남에 따라 대륙이 더 활발하게 성장하고, 많은 일들이 일어나 발전된다는 걸 알고 게임 초반에 비해 훨씬 호의적인 태도로 대해주었다.

그러니 유저들은 더 쉽게 정착하고 성장할 수 있었다. 아무것도 모르고 초반부터 죽어가며 꾸역꾸역 게임을 했던 예전과 달리 이제는 유저뿐 아니라 NPC들도 나서서 유저를 돕고 퀘스트를 주고 몬스터를 함께 사냥해 주었으니까.

그런 상황에서 한시민이 또 한 번 대륙을 뒤흔들 거대한 소식을 가져 왔다.

방송을 켠 한시민이 말했다.

"최상위 유저들뿐 아니라 모든 유저를 위한 콘텐츠를 가져왔습니다. 좁은 대륙에 한정된 게 아니라 더 넓은 세상, 더 넓은 사냥터와 다양한 종족을 만날 수 있는 마계로의 여행! 누구나 신청할 수 있고 누구나 갈 수 있습니다!"

마계로의 여행!

판타스틱 월드를 플레이하는 95%의 유저가 보았던 마계 에피소드 편을 직접 참여하고 경험할 수 있는 기회가 주어진다.

이 얼마나 대단한 사건인가.

당연히 커뮤니티는 폭발했다.

-와, 갓시민이다.

-미쳤다, 마계로 진짜 갈 수 있는 거임?

-와, 거기 경험치는 얼마일까.

-마계면 금지보다 경험치 더 주는 거 아님?

-애초에 얻을 수 있는 보상 자체가 차원이 다를 듯.

-거기 자원만 캐 와도 얼마냐.

신대륙을 개척했던 콜럼버스의 소식이 전 세계로 퍼져 나갔을 때의 반응이 이러했을까.

수많은 유저들이 열광하고 흥분했다.

당장 본인들이 갈 수 있는지 없는지에 대한 확신이 없음에도 모두 큰 꿈에 부풀었다. 아예 바라볼 수 없는 곳이라는 생각과 그래도 나중에 갈 수라도 있는 곳의 느낌은 또 다르니까.

-조건이 어떻게 됨?

-얼마임?

-레벨 몇 돼야 사냥 가능?

많은 유저가 문의를 남겼다.

몇몇 유저는 이 소식을 듣자마자 골드부터 매입했다. 덕분에 평생 떨어지면 떨어졌지 현재 시세에서 더 오를 일은 없을 거라 여겨지던 골드의 시세가 또 한 번 조금씩 오르기 시작했다.

굳이 마계에서 사냥을 하기 위한 유저들이 아니더라도, 아니, 사냥을 위한 유저들보다 오히려 비전투직 유저들의 열기가 더 뜨거웠다.

사실상 신대륙은 사냥터로써의 가치도 충분히 높지만 마계에서 사냥을 할 수 있는 유저의 수는 랭킹에 드는 극소수일 뿐이었다. 남들의 손길이 타지 않은, 그것도 NPC조차도 닿지 못했던 땅에서 신기한 물건과 자원을 대륙으로 옮겨온다는 것에 더 가치를 둔 유저가 훨씬 많았으니까.

물론 언제나 그렇듯 뜨거운 열기와 큰 기대는 실망을 가져다주기 마련이다.

-……꿈 깨라, 애들아. 가격 나왔다.

-조건은 묻지도 따지지도 않고 단 하나만 보네.

-1차 참여자 선착순 모집. 10만 명 기준 인당 30골드.

-마계 한 번 가는데 600만 원. 왕복 1,200만 원ㅋㅋㅋㅋㅋㅋㅋㅋ

다들 동네 소풍 가듯 갈 수 있으리란 생각은 안 했지만 한 번 왔다 갔다 하는데 1,200만 원이 필요하리란 생각 또한 누구도 하지 않았다.

-응, 안 가.

-1,200만 원이면 그냥 미국 갔다 온다.

-ㄹㅇ루다가 개 창렬스럽다.

-이거 뭐, 남는 게 있겠냐.

인간은 언제나 자신에게 유리하게 생각하고 이익이 남았으면 하는 바람을 갖고 있으니까.

하지만 이런 반응에도 가격은 변하지 않았다.

안 좋은 여론에도 한시민은 그저 웃을 뿐이었다.

"쯧쯧. 어차피 욕하면서도 갈 사람은 다 간다."

그가 다녀온 마계는 분명 그런 곳이었다. 그렇기에 가능한 사업이기도 했고.

"게이트 여는데 150만 골드니까 한 번 열 때마다 150만 골드씩 남는 개꿀 사업."

한 번에 3백억씩 버는 사업이다. 한 푼의 투자도 없이.

100년 치 욕을 다 먹어도 웃음이 나오는 이유다.

무엇보다 이 사업의 장점은 빼액이에게 골드를 먹여 활용한다는 점이다.

가장 큰 장점이자 치명적인 단점. 빼액이가 없으면 아무것도 안 된다.

물론 그건 현재 상황에서 단점이 될 수 없다. 이제 태어난 지 2년도 안 된 빼액이가 노화로 죽는다거나 암에 걸려 죽는 일은 없을 테니까.

오히려 빼액이만이 할 수 있다는 장점이 이렇게 정말 심한 욕을 먹어도 처벌받지 않을 만큼의 창렬스러운 가격을 만들어낼 수 있었다.

게다가 정확히 따지면 3백억보다 더 많은 이윤이 남는다.

골드는 유저들에게 받지만 대부분은 수달이가 만들어내는 금광에서 수급하고 있고, 시간이 지날수록 수달이가 만들어내는 금의 양은 증가하게 될 것이다. 이는 곧 유저들에게서 받는 골드를 고스란히 되팔 수 있다는 뜻이니까.

무에서 유를 만들어내는 기적!

매번 시세가 들쑥날쑥한 금광의 순금과 달리 골드는 시세가 떨어질 일이 없다.

지금만 해도 20만 원대의 시세를 유지하는 골드를 당장 팔지 않고 모아두었다가 21만 원이 되어 팔면 그 시세 차익은 감히 말로 표현할 수 없을 정도.

사람들만 모이면 되는 사업이다.

10만 명.

수많은 유저의 조롱과 비난에도 24시간이 채 되지 않아 1차 모집이 마감되었다.

그만큼 관심이 뜨거웠다는 뜻.

그리고 대부분의 유저와 NPC에겐 30골드가 부담되는 가격이지만, 그렇지 않은 사람들 또한 상당하다는 말이었다.

무엇보다 투자할 가치가 충분했다. 큰돈이지만 마계, 미지의 세계에서 얻을 수 있는 미증유의 가치가 30골드보다 높으리라 생각하는 이들은 더 많을 테니까.

그렇게 1차 마계 여행의 게이트가 열렸다.

-1차는 궁금한 돈 많은 부자들이 간 거다.

-ㄹㅇ 일회용 돈 뽑아 먹기 사업.

-시민이 인성 생각하면 저거 최소 두 배는 남겨 먹을걸?

-가서 다들 빈털터리로 돌아와 봐야 정신 차리지ㅋㅋㅋ

-뭣도 없이 30골드만 내고 거기서 표류하는 사람들도 생겼다던데?

못 간 이들의 절규는 오래갔다.

하루, 이틀.

마계로 떠난 유저들의 소식이 들려오기도 전에 지레짐작하며 그들의 손해를 자축하고 기뻐하며 즐긴다.

하지만 그들의 웃음은 오래가지 못했다.

-대박임. 마계 관광이나 하러 미국 갈 거 아껴서 3일 있다가 2차 선발대 올 때 돌아왔는데 글쎄, 길 가다 예뻐 보여서 주운 돌멩이를 마탑에서 300골드 주고 사감ㅋㅋㅋㅋㅋㅋㅋㅋㅋㅋㅋㅋㅋ 무슨 돌인지 기억은 안 나는데 놀러 가서 추억도 쌓고 240골드 개이득이라 바로 다시 지원했다ㅋㅋㅋ 지금 3차 모집 거의 마감이던데 딱 들어가서 내일모레 또 간다. 이번엔 한 달 잡고 돌아다니면서 처음 보는 거다 싶은 거 다 주워 와야지ㅋㅋㅋㅋㅋㅋ

-난 광부인데 세 달 전에 운 좋게 다이아 캔 거 팔아서 갔다 왔는데 거긴 무슨 대륙에서 없어서 못 캐는 광석들이 길바닥에 묻혀 있음. 광맥이 있는 곳은 몬스터들 때문에 가 보지는 못했는데 나도 이번에 3일 갔다 와서 5천만 원 이상 벌어서 전세 인생 벗어났다.

들려오는 소식들이 하나같이 좋은 소식뿐이다.

일부 유저들의 일일뿐이라고 생각하고 싶어도 그러기엔 손해 보고 왔다는 사람이 아무도 없었다.

하물며 아무런 소득을 갖고 오지 못한 유저조차도 마계라는 새로운 지역에서 새로운 것들을 보고 와서 보람찼다고 할 정도.

더 정확한 증거는 게이트의 오픈 주기였다.

-3일에 한 번씩 게이트 연단다.

-지금 벌써 5차 마감임ㅋㅋ

-이 기세면 신청하면 한 달 뒤에나 갈 수 있는 거 아니냐?

-빨리 신청해야겠다.

욕하던 유저들도 하나둘 태세를 전환하며 골드를 주섬주섬 모았다.

대륙에 너무 큰 변화가 일어나 빠르게 콘텐츠가 소모되고 가치가 떨어지지 않을까 하는 고민은 개소리라는 걸 증명이라도 하듯 하루가 다르게 마계의 물건과 자원들이 대륙으로 쏟아졌고, 걱정할 정도까지는 아니지만 당연히 처음보다는 시세가 떨어지기 시작했다.

그럴 수밖에 없다.

-와, 미친. 마계 몬스터 개 세다.

-5백 골드짜리 뭐 발견해서 주우러 가다가 3번 넘게 죽었다.

-아니, 이거 어떻게 좀 가이드 없냐? 30골드나 내고 왔는데.

-대체 어디 널렸다는 거냐. 난 1주일째 돌아다니는데 돈 될 만한 거는커녕 몬스터도 안 보인다.

마계는 대륙보다 넓고, 넓고 가치 있는 물건을 알아볼 안목은 부족하다.

되는대로 주워오는 유저들도 하나를 건지면 대박이라고 말할 정도. 초심자의 행운은 어디까지나 초심자들에게만 주어지는 것.

그걸 보고 달려드는 유저들은 하나둘 손해를 보고 있다. 그러다 보니 대륙에서도 시세 차이가 급격하게 이루어지지 않았다.

그 속에서 웃는 건 단 한 명. 한시민뿐이었다.

"와, 내가 이런 계산 실수를. 이래서 사람은 대학을 나와야 하는 건가."

"왜?"

"아니, 내가 이 사업을 게이트 한 번 열 때마다 3백억 남는다고 생각했거든?"

"응, 맞잖아. 아냐?"

"아니었어."

"뭐야, 그럼? 덜 나와?"

"아니, 한 번에 450억이었어."

"……."

"돌아오는 비용은 게이트 열면서 받으면 된다는 생각을 왜 못했을까. 이래서 사람은 실전이 중요한가 봐. 계산할 때는 몰랐는데 직접 찍혀 보니 알았네."

게이트를 한 번 열면 양쪽에서 이동이 가능했다.

그렇기에 마계에서 돌아올 사람들은 일정을 자유롭게 정해서 게이트가 열릴 때 돈을 내고 돌아오면 된다.

투자 비용 0의 정말 창조 경제.

한시민의 통장에 돈은 계속해서 쌓여 갔다.

주인의 지갑이 배부를수록 불만이 늘어가는 건 수달이었다.

"꾸엉."

죽어라 금광을 찍어내면 뭐하나. 만들어질 때쯤이면 빼액이가 와서 다 털어 가는데.

그렇게 몇 달을 구르니 정말 삶의 의미가 사라졌다. 일도 뭐

성과가 나야 하는 맛이 생기는 건데 이건 뭐 이럴 거면 왜 사나 싶은 마음만 매일 같이 든다.

이렇게는 못 산다.

손에 쥐어진 뇌물은 더 이상 수달이를 기쁘게 해주지 못했다.

수달이는 산맥을 벗어나기로 마음먹었다. 도망칠까도 생각해 보았지만 대륙에서 주인의 손아귀를 벗어날 수 있는 곳은 없어 보여 포기했다.

그냥 정면으로 파업을 도전해 보자.

그렇게 마음먹은 수달이에게 빼액이가 날아왔다.

"꾸엉! 꾸어엉! 꾸꾸꾸꺼엉!"

이런 돼지 같은 황금 돼지 용가리 자식아!

"빼액!"

"꾸엉!"

어제 처먹고 가서 이젠 먹을 금도 없다! 꺼져!

거친 수달이의 울분에 빼액이가 날개를 퍼덕이며 수달이의 어깨에 앉아 진정시켰다.

양심이라곤 한시민만큼 없는 주제에 마치 수달이의 마음을 아는 척, 같은 처지인 척하며 달래주는 것에 수달이는 또 마음을 진정시킨다.

그래, 이놈이 무슨 죄가 있겠냐. 얘도 주인 놈 때문에 매일 시달리는 걸 내가 아는데.

약간의 오해는 유대감을 형성시키는데 큰 도움이 되었다.

진정한 수달이에게 빼액이가 준비해 온 것들을 꺼냈다.

"꾸엉?"

수달이의 눈이 커졌다.

의욕을 잃고 축 처졌던 어깨가 다시금 들썩였다.

중년의 아저씨보다 더 볼록 나온 배에서 나오는 끝도 없는 보석들.

"꾸어엉?"

"빼액!"

아빠가 가져다주래!

빼액이의 자랑스러운 말 한마디에 수달이의 눈에 이슬이 맺혔다.

"꾸어엉."

역시 주인님. 날 잊지 않고 있었어. 내 노고를 잊지 않은 거야.

산더미처럼 쌓인 보석들의 향연에 수달이가 의지를 다졌다.

"꾸어어엉!"

다시 열심히 해보자! 그래, 인생 뭐 있냐. 곰처럼 일하고 이렇게 보상받는 날이 하루라도 있으면 되는 거지!

쌓인 보석 중 쓸모없는 게 하나도 없다. 아무 보석이나 골라서 보낸 게 아닌 주인의 정성에 수달이가 감동했다.

어떻게 모았는지는 중요치 않았다. 어찌 됐든 주인이 보냈으니 주인이 고생해서 모았겠지.

라고 생각했다.

"……."

그로킬레의 인상이 잔뜩 찌푸려져 있었다.

"왜? 불만 있어?"

"……아닙니다."

"서큐버스도 아니고 보석에 왜 그렇게 집착을 해? 사내자식이. 내 반려가 필요하다 해서 보내는데 왜, 불만 있어?"

"아닙니다. 절대 그럴 리가 있겠습니까."

"그렇지?"

"……예."

"고생했어. 구하기 힘들었을 텐데."

"……."

"그럼 가서 다시 일해."

"……예."

9

한여리는 한시민의 슬하에서 벗어나 자신의 방송을 시작했다.

처음엔 어려웠다. 한시민의 버프로 고정 시청자가 생기긴 했지만 그 수는 기껏해야 200명.

한시민처럼 유료 방송으로 시청료 5만 원을 설정한 그녀에겐 많은 숫자였지만 한시민만큼 부자가 되겠다는 그녀의 목표에는 한없이 부족했다.

그럼에도 실망하지 않고 노력했다.

그런 그녀가 잡은 콘텐츠는 마계였다.

"마계에 가서 성장하는 모습을 보여드리겠습니다!"

그녀는 버퍼다. 직접 전투에 참여할 수 있고, 파티까지 보조할 수 있는 장점을 가진 그녀가 홀로 사냥한다는 건 이상한 게 아니다. 다만 마계는 말이 좀 다르다.

게다가 콘텐츠는 좋지만 마계에서 사냥 컨셉을 잡는 PJ들도 많았기에 차별화가 필요했다. 그 차별화를 그녀는 스페셜리스트로 잡았다. 그녀가 생각해낸 건 아니었다.

"여리 씨, 마계 간다고 들었는데. 같이 사냥할래요?"

"좋아요!"

누이 좋고 매부 좋고.

레벨과 관계없이 스페셜리스트에겐 엄청난 버프를 줄 수 있는 보조 역할이고, 한여리에겐 성장할 발판이 되어 줄 든든한

동료다.

그렇게 함께 마계에서 사냥을 시작했다.

그럼에도 시청자의 수는 좀처럼 늘지 않았다. 스페셜리스트를 보러 오는 시청자들과 고정 시청자를 합해 1,000명이 되면 다행일 정도.

그만큼 유료 스트리밍의 시장은 한시민을 제외하곤 참담할 정도였다.

그래도 꿋꿋이 달렸다. 언젠간 좋은 날이 올 것이라 믿으며.

스페셜리스트야 처음을 제외하곤 방송을 하지 않았으니 그 모습을 보며 안쓰러워하던 정현수가 어느 날 말했다.

"성공하고 싶어 하는 거 같은데, 개인적으로 시청자 입장에서 뜰 수 있는 방법을 알려줄까?"

"네!"

정현수가 잠시 정설아의 눈치를 봤다.

다행히 정설아는 몬스터의 사체를 분해하느라 거리가 좀 떨어진 상황. 강예슬 또한 잠시 마을에 간 상태였고.

잠시 망설이던 정현수가 목소리를 낮춰 말했다.

"의상을 바꿔."

"예?"

"의상 말이야. 내가 요즘 방송들 좀 봤는데. 여리 너처럼 예쁘고 직업도 레전드리에 모든 조건이 완벽한데 안 뜨는 이유는 단 하나야. 시청자 수가 고정이면서도 계속해서 유입이 들어오지?"

"어? 네."

"그런데도 계속 그 상황이라는 건 들어온 시청자들은 나가고 새로운 시청자들은 들어온다는 뜻이거든. 한번 고민해 봐. 내가 시청자 입장에서 해주는 조언이니까."

"음, 네."

한여리는 정현수의 말이 무슨 뜻인지 이해했다. 그럼에도 고개를 갸웃하며 납득하지는 못했다.

옷을 가볍게 입는다고, 그렇다고 벗는 것도 아닌데 노출을 늘린다고 시청자가 늘어날까?

이해되지 못하는 방법을 사용하는 건 영 꺼림칙했다. 해서 스승님께 물었다.

"오빠, 시청자가 안 늘어서 그런데 노출을 조금 할까 해. 그런데 이게 진짜 도움이 될까?"

"뭐? 노출?"

"……응."

소파에 누워 뒹굴거리던 한시민의 격한 반응에 한여리가 움찔했다.

친오빠한테 이런 걸 묻다니. 실수인가?

역시 오빠도 내 오빠였어. 걱정해 주는 건가.

"아직도 노출 안 하고 있었어?"

"응?"

"여자가 누릴 수 있는 특권이잖아. 벗지만 말고 적당히 노출해. 그래야 시청자가 늘지. 요즘처럼 프리한 마인드의 세상에서 방송 안 해도 벗고 다니는 애들 많던데 적당히만 하면 긍정적인 효과를 낼 수 있지."

"……응."

"화장도 좀 하고."

스승님에게 직접적으로 들었음에도 한여리는 이해할 수 없는 영역이었다. 그래서 이해하지 않고 한번 해보기로 했다.

게임 속에서 진하게 화장도 하고 옷도 옆구리가 파이고 허벅지가 드러나는 컨셉의 옷을 입었다. 머리를 올려 가느다란 목선이 드러나게 하고 새빨간 입술을 강조했다.

그리고 달려드는 버퍼의 느낌은 예전과는 전혀 달랐다.

그렇게 딱 3일을 방송하고 나니 시청자 수는 만 명을 넘어서고 있었다.

그 뒤로는 탄탄대로였다. 한시민의 피를 이은 그녀에게 부족한 건 없었으니까.

"아, 마계에 계시는데 버프를 받고 싶으시다고요? 여기 가격표 보이시죠? 레벨 20만 더 올리면 경험치 버프도 추가될 예정이니 많은 관심 부탁드려요!"

제2의 한시민 탄생이었다.

10

시간은 물길처럼 흘러간다.

판타스틱 월드가 어언 3년.

"난 이제 예전처럼 게임 못 할 것 같다."

정현수가 깜짝 발표했다. 알고 있던 정설아는 아쉬운 표정이 가득했고 같은 재벌인 강예슬 역시 안타까워했다.

"그냥 게임하면 안 돼, 오빠?"

"아버지가 더 늙기 전에 물려받아야지."

"전문 경영인 두면 되잖아."

"내가 마음에 안 들어서 그래."

"하긴, 오빠는 원래부터 회사 물려받으려고 했지."

스페셜리스트 또한 많은 돈을 판타스틱 월드를 통해 벌어들이고 있다.

굳이 따지자면 세계적인 기업과 비교할 바는 아니지만 원하는 일을 하면서 회사에 얽매이지 않아도 될 정도.

하지만 그럼에도 정현수가 회사 일에 참여하러 가겠다는 건 부모님이 원하시는 일임과 동시에 어려서부터 갖고 있던 신념이기 때문이다.

회사를 이어받아 더 크게 살려보겠다.

최고의 자리를 놓치지 않겠다.

어차피 게임 또한 정설아 때문에 시작하고 즐기고는 있지만 이제는 놓을 때가 된 것이다.

"형님……."

"결혼식 때 보자."

"결혼하세요?"

"아니, 너 인마."

"……결혼까진 생각은 없는데 일단 알겠습니다. 훌륭한 몸빵이 없어져서 아쉽네요."

"시간 날 때 놀러 온다."

"예."

남자끼리의 대화는 길지 않았다. 영영 이별하는 것은 아니지만 현실에서 자주 만날 수 있는 것 또한 아니기에 여운이 남을 법한데도.

입맛을 다시던 한시민이 어렵사리 마지막 한마디를 던졌다.

"형님, 그럼 갖고 계신 템은……. 제가 잘 팔아서 통장에 입금해 드릴까요?"

"……."

"수수료는 10%만 받겠습니다."

스페셜리스트에 그렇게 첫 번째 탈퇴자가 생겼다.

휴식기가 이어지는 가운데 유저들이 눈을 돌린 곳은 단연 마계였다.

기회의 땅.

수많은 사람이 대출까지 받으면서 마계로 향하는 추세가 1년 넘게 이어지는 가운데 마계로 향하는 도박을 꺼림칙하게 생각하는 사람들이 시선을 향한 곳은 금지였다.

-이제는 저기 한번 개척할 때가 되지 않았나?

-마계만큼은 아니겠지만 그래도 대륙에서 사람들 손이 아예 안 탄 곳인데.

-저기만 개척하면 마계와는 비교할 수도 없을 만큼 안정적으로 돈을 벌 수 있다.

무엇보다 이제는 150레벨을 뚫은 스페셜리스트를 필두로 130레벨대를 형성하고 있는 최상위 랭커들에게 있어 새로운 사냥터는 사막 위의 오아시스나 다름이 없었다.

4대 금지를 개척하는 일은 그렇게 시작됐다.

물론 대륙 전체 인구에 비해, 마계로 향하는 사람들에 비해 정말 먼지 한 줌이 될까 싶을 정도로 적은 비율이었다.

하지만 그들은 대륙을 이끌어 나가는 최상위 유저들.

랭커 중 70% 이상이 유행을 따라 금지를 개척하러 떠날 정도로 열풍이 대단했다. 물론 그중 95% 이상은 참담함을 맛봐야 했다.

-미친, 130레벨인데도 1:1을 못 이기겠다.

-와, 탱 하기 너무 어렵다.

-원정대로 갔는데 무리 지어 다니는 몬스터가 너무 많음.

레벨이 높아졌음에도 금지는 인간의 발길을 거부하는 사냥터였다.

레벨도 레벨이지만 금지의 몬스터들은 똑똑하다. 지능이 높지 않은 몬스터도 많지만 그들은 그들만의 약육강식에서 살아남기 위해 매일매일을 발버둥 치는 존재들.

전투에 있어 여타 사냥터의 몬스터와 임하는 자세와 마음가짐부터 차원이 다르다.

오로지 적의 숨통을 물어뜯기 위해 움직이는 이들이기에 평범한 몬스터만 사냥하던 유저들이 더 어렵게 느낄 수밖에 없는 환경과 조건이다.

하지만 1주, 2주 경험치와 레벨이 깎여 나가고, 아이템을 떨어뜨리고, 죽어 있는 시간 동안 현실에 튕겨져 나가 있음에도 포기하는 유저들은 그렇게 많지 않았다.

-경험치가…… 미쳤다.

-압도적이다. 여기서 자리 잡는 유저 순으로 랭킹은 개편될 것이다.

-와, 이런 사냥터가 있다니.

그와 함께 사람들의 관심은 한 곳으로 쏠렸다.

-스페셜리스트도 이번에 마계에서 넘어오지 않았냐.

-ㅇㅇ. 내가 알기론 탱커 탈퇴하고 마계에서 다시 넘어온 걸로 아는데.

-그쪽도 금지 개척한다고 들었는데. 어떻게 되려나."

-일단 레벨이 넘사라. 할 만하지 않을까?

-에이. 그래도 탱이 없는데. 숫자도 적고. 시민이 도와주지 않는 이상 힘들 것 같은데?

스페셜리스트.

마계에서 돌아온 그들의 행보.

한시민은 그들과 함께 행동하지 않은지 꽤 됐지만 그럼에도 한여리의 방송으로 다시금 유명해진 그들은 과연 어떻게 행동할 것인가.

분명 최상위 랭커들 사이에 차이라고는 레벨뿐이다.

그 레벨의 차이가 정말 넘기 힘든 유리 천장이라는 건 인정하지만, 15강 장비 또한 압도적일 테지만. 유저들은 그 두 개의 차이를 메우는 것이 자신들 세력의 머릿수라고 생각하고 있다.

그렇기에 분명 유리하게 이끌어 나가고는 있는 스페셜리스트도 고난과 역경을 피하지 못할 것이라 생각했다.

한여리의 방송이 켜졌을 때, 그들이 서 있는 곳이 4대 금지 중 한 곳임을 확인하고 그들의 무용담을 직접 목격하기 전까지는.

한 자루의 검을 든 그녀의 모습은 여전히 아름다웠다.

움직임을 최대한 편하게 하기 위한 가벼운 옷차림은 그녀의 아름다움을 배가시키는 요소였다.

노출된 탄력 있는 피부는 시선을 떼지 못하게 만드는 아름다운 외모와 더불어 시선을 어디에다 둬야 할지 고민하게 만든다.

그런 그녀의 신비감을 더해주는 진홍빛 오라. 그와 함께 덮

이는 오색 빛깔.

"언니! 버프 끝!"

"땡큐."

들려오는 목소리와 함께 상큼하게 웃어준 정설아가 그대로 사라진다.

눈으로 좇기 힘든 속도.

어느새 수십 마리의 거대한 거미 사이에 나타난 그녀가 징그러운 털이 숭숭 박힌 다리와 질질 떨어지는 거미의 액체에도 눈 하나 깜짝하지 않은 채 검을 휘두른다.

"익스플로젼."

한마디의 말과 함께 휘몰아치는 마력의 폭풍.

그리고 터져 나오는 폭발!

콰콰콰쾅!

"키에엑!"

"키엑!"

금지의 한 부분을 지배하고 살아가던 지배자의 울음소리가 그들의 영역 너머까지 울려 퍼진다.

웬만한 칼은 물론이고 마법 저항까지 가지고 있는 그들의 껍질이 무의미하게 타격받는 건 분명 거미들에게도 놀랄 만한 소식.

어째서 저런 폭발 따위에 내 단단한 껍질이 타격을 입는 것인지, 그리고 그를 넘어 타들어가고 있는 것인지 고민하고 있을 시간 따위는 없었다.

푹-

“키에에엑!”

폭발을 일으킨 정설아는 한 치의 망설임도 없이 가장 가까이에 있는 거미의 머리를 베어 넘기고 있었으니까.

마치 무를 베듯 아주 자연스러운 움직임에 한 마리의 거미의 다리는 힘을 잃고 바닥으로 추락한다.

쾅!

거대한 고목이 쓰러지는 듯한 소리와 함께 거미들은 분노한다. 그리고 분노는 고통을 뛰어넘어 지속적으로 들어오는 고통에도 아랑곳하지 않고 감히 이런 상황을 만든 인간을 향해 거미줄을 사정없이 뿜어낸다.

저 인간을 죽이겠다.

수십 마리 거미의 의지는 싸움의 현장을 뒤덮었다.

촘촘히 뒤덮인 거미줄. 저걸 어떻게 피하지 싶을 정도로 촘촘한 거미줄에 지켜보던 한여리의 미간이 살포시 찌푸려졌다.

괜찮겠지? 괜찮을 거야.

“죽으면 영상이 영 아닌데. 생방 말고 녹방으로 갈걸 그랬나.”

프로가 다 된 그녀의 다른 방향의 고민은 아쉽게도 뒤늦은 후회였다.

어찌 든 주사위는 던져졌고 정설아는 거미줄 사이로 취를 감춘 상황.

호들갑 떨지 않고 침착하게 기다렸다.

시청자들의 반응은 난리도 아니었지만 그래도 그녀는 믿었다.

누가 봐도 힘들지만.

그래도 마계에서 그녀가 본 것들은 이런 상황에서도 그녀에게 희망을 주었다.

그리고 그 희망은 웃음으로 보답했다.

푹-

"키에에엑!"

푹-

"케에엑!"

소리가 남과 동시에 노련해진 한여리가 카메라의 시점을 정설아에게 돌렸고 1인칭으로 보이는 그녀의 무용담은 가히 입이 떡 벌어질 정도였다.

-와, 저걸 피해?

-아니, 저 거미줄 사이에서 대체 어떻게 움직이면서 거미까지 죽이는 거임?

-거미줄 밟고도 그냥 움직이네?

컨트롤, 아이템.

두 가지로 모든 것을 압살한다.

뒤에서 날아오는 보조들은 그녀의 화려한 움직임을 조금이라도 편하게 해주기 위한 것으로밖에 보이지 않는다.

그렇게 모두가 넋을 놓고 보다 보니 어느새 거미줄은 바닥에 축 처져 있고 서 있는 것은 오로지 정설아 한 명뿐이었다.

“후우.”

모든 공격을 피하고 이기적으로 자신의 공격만 꽂아 넣는 그녀의 인생 매드 무비에 시청자들이 경악했다.

애당초 정설아의 컨트롤이 좋았던 건 누구나 알고 있던 이야기. 하지만 이 정도였는지는 웬만한 랭커가 아니고서야 몰랐다.

한데 오늘 방송을 기점으로 알려졌다. 아니, 시작이었다.

웬만한 랭커들은 감히 컨트롤 때문에 템빨로 밀어붙이지도 못하는 지역에서, 날아다니며 활약하는 그녀의 모습은 두각을 드러내기 아주 최적의 환경이었으니까.

11

한시민은 결혼이라는 것에 대해 생각을 해본 적이 없다.

예전엔 먹고살기도 힘들었고 먹고살기 편해진 다음에도 돈을 버는 것이 더 재미있었다. 그랬기에 심지어 강예슬과 연애를 시작한 다음에도 결혼까지는 생각하지 않았었다.

별다른 이유는 없었다.

"결혼은 현실이야. 서로가 잘 맞아야 결혼해서도 재미있게 사는 거지. 너 나에 대해 다 알아? 내가 막 밥하라고 하고 빨래하라 하고, 예슬이 너 그런 거 다 하면서 살 수 있어?"

"아니? 가정부 아줌마 들일 건데?"

"아하."

굳이 부정적으로 생각할 이유 또한 없었긴 하다. 그냥 생각이 없었다.

단 하나 있다면.

"그런데 결혼해서 애 낳았는데 나 같은 애가 나오면 어떻게 하지?"

"완전 귀엽겠다! 우리 빨리 애 낳자. 오빠."

"……."

그런 사소한 걱정뿐이랄까.

뭐, 물론 별생각이 없었을 뿐 먹고살 만해지고, 귀엽고, 예쁘고, 어린 여자 친구가 하루 종일 옆에서 세뇌하듯 결혼에 대해 말하다 보니 거부감은 많이 옅어진 상황이었다.

하지만 결코 이렇게 빨리 결혼하게 될 줄은 몰랐다.

"1주일 뒤에?"

"응, 언니. 헤헤, 그렇게 됐어."

"설마……."

"사고 쳤네, 사고 쳤어."

청첩장을 받은 정설아와 정현수가 배를 잡고 웃었다.

강예슬은 수줍은 듯 한층 더 가까이 한시민에게 붙어 있었고 한시민은 당당했다.

"그래도 내가 결혼하는 날이 오는구나."

그래, 생각해 보면 예슬이 같은 여자도 없지.

구구절절 애절한 사랑 같은 타입은 아니지만 여자가 필요해서 만난단 생각은 단 한 번도 해본 적이 없었다.

그럴 거였으면 판타스틱 월드 내에 그에게 얽힌 수많은 여자와 놀았겠지.

그렇게 급하게 결혼식이 열렸다.

"결혼식은 소소하게 하자, 소소하게."

"응, 나 그럼 부모님이랑 부모님 친한 분들만 부르라 할게."

"그래, 나도 그래야겠다."

소소하고 급작스러운 결혼식이.

소소한 결혼식은 소소하다는 말과는 다르게 성대하게 치러졌다.

대한민국에서 가장 큰 호텔 하나를 통째로 빌렸고 결혼식을 찾은 모든 하객은 근처에 숙소를 찾을 필요 없이 호텔에서 숙박을 하면 됐다.

한신 그룹 외동딸의 결혼.

그것도 사고 쳐서 치러진 결혼식이었지만 한신 그룹 회장의 입가엔 미소가 만개했다.

"허허, 철부지 딸 누가 데려가나 항상 걱정했는데 저런 사위라면 환영이지."

비록 회사를 이을 인재는 아니지만 들은 자산만 해도 한신 그룹의 이름에 부족하지 않다.

그뿐이랴.

결혼식 당일에 본 그의 인맥은 그의 입가를 활짝 펴게 하기 충분하다 못해 흘러넘쳤다.

"아니!"

"어? 켄지, 왔네요?"

"오랜만이군요. 결혼을 축하합니다."

"이분과는 어떻게……."

"아, 제 친구예요."

"반갑습니다."

"아이고, 한신 그룹 회장입니다."

귀티가 줄줄 흐르는 신랑 측 친구는 얼마 되지 않았지만 그것만으로 충분했다.

켄지가 결혼식에 참여한다는 말만으로 신부 측 인맥을 통해 결혼식을 참여하겠다고 줄을 선 대기업 임원진들이 줄 세워 부산까지 갈 수 있다는 말이 나올 정도.

해외에서도 없는 줄을 만들어 오려고 하기까지 했다.

켄지는 현실에서 그 정도의 영향력을 보여주고 있었다. 그런 켄지가 직접 한시민의 결혼식에 왔고.

"축의금은 많이 넣었겠죠?"

"축하하는 마음을 어찌 돈 몇 푼에 담을 수 있을까요. 작은 섬 하나 준비했습니다."

"……진짜요?"

"축하합니다. 당신 덕분에 정말 오랜만에 재미있는 삶을 살았습니다."

순수한 마음으로 내미는 악수를 마주한 한시민이 게슴츠레 켄지를 노려보았다. 그리고 이내 속삭였다.

"알았어요. 거래는 신혼여행 다녀와서 합시다. 아, 이건 안 팔려고 했는데 진짜 와서 사람 감동시키네."

"고맙습니다."

시간이 지났어도 초심을 잃지 않은 한시민과 켄지의 관계는 어디까지나 비즈니스일 수밖에 없다. 처음부터 끝까지 돈으로 맺어진 관계였으니까.

그 사이에 들어간 사심 정도야 그럴 수 있다고 쳐도 어쨌든 공과 사는 구분하는 입장에서 한시민은 그에게 빚을 졌다.

원치 않았다고 해도 일생에 한 번뿐인 결혼식이고 체면을 살려주면서 공짜로 받기엔 부담스러운 섬까지 받았다.

그걸 날름 처먹고 입을 닫는다?

한시민이라면 충분히 그럴 수 있지만 그럴 필요가 없다.

켄지와의 거래는 한동안 뜸했지만 죽을 때까지 이어가는 게 여러모로 한시민에게 더 이득이니까.

"그럼 결혼식을 시작하겠습니다."

많은 축복이 쏟아졌고 그 가운데서 결혼식은 무사히 마쳤다.

신혼여행을 떠나기 전, 뿌듯한 표정으로 딸을 바라보는 장인어른께 한시민이 당돌하게 말했다.

"장인어른."

"그래, 사위."

"비록 사고 쳐서 결혼했지만, 예슬이 제가 손에 물 한 방울 안 묻히게 도우미 아줌마 잘 부르라 하고 잘 살겠습니다."

"……그래."

"그래서 말인데요."

"……?"

"아무래도 지금 집은 조금 부실 공사인지 바람도 새고 보일러도 잘 안 되고."

"……."

"장인어른이 가지고 계신 부동산에 저기 펜트하우스 하나 있는 걸로 아는데……."

"……."

"그거 좀 어떻게 잘 부탁드립니다."

"야, 이 자식아. 너 돈 많잖……."

뻔뻔한 요구와 함께 초심을 잃지 않는 모습을 자랑하며 떠났다.

결혼을 했다고 해서 달라질 건 없었다.

어차피 강예슬은 한시민의 집에 눌러앉아 살 듯했었고 이젠 그냥 눌러앉아 산다는 차이일 뿐이니까.

서로 집안일을 하지 않아도 될 만큼 돈이 많았고 돈을 벌기 위해 나가지 않아도 되는 자택 근무자들이었으며 팔팔한 20대였다.

그렇기에 달라진 게 있다면 결혼 전보다 게임에 접속할 시간이 부족해졌다는 것뿐이랄까.

"물고 빨고 할 때지."

"헤헤, 언니도 얼른 결혼해."

"시민 씨 같은 남자 있으면."

"안 돼, 우리 여보는."

그런 상황에서 이사도 금방 했고.

결혼 전과 달라진 게 없는 일상 속, 한시민은 은밀하게 켄지를 만났다.

"와, 레벨 많이 올리셨네?"

"열심히 했죠. 신혼여행은 잘 다녀왔나요?"

"예, 뭐. 눈빛 보니 이런 사소한 이야기 나누고 싶은 건 아닌 거 같으니 본론으로 들어가죠."

"감사합니다."

1년간 소리소문없이 게임을 접은 게 아닐까 하는 이야기까지 나올 정도로 조용히 게임을 한 켄지는 예전보다 훨씬 더 강해 보였다.

레벨, 장비, 심지어 인원까지.

숨어다니면서도 역시 돈의 힘이 무섭다는 걸 여실히 느끼게 해주는 상황.

한시민이 아이템을 주섬주섬 꺼내 들었다.

"사실 그냥 내가 갖고 있을까 싶었는데. 평생 이 게임에만 목숨 걸 것도 아니고 몇 년 뒤엔 다른 게임도 같이 하면서 판월은 재미로나 할 수도 있을 것 같아서요. 팔 수 있을 때 팝니다."

"감사합니다."

무슨 아이템인지 확인도 하기 전에 켄지가 감사 인사부터 날렸다.

한시민이 이렇게 자신하며 내주기 망설이는 아이템은 분명 가치가 있기 마련이다.

받아 든 아이템을 확인한 켄지의 눈동자가 커졌다.

"어때요? 가치는 직접 매겨 보세요. 예슬이랑 조만간 세계일주 좀 다녀올까 하는데. 알아서 잘 챙겨주시면 좋고."

"……역시. 혹시나 했었는데 챙겼었군요."

"당연하죠."

천왕의 방어구, 무기, 그리고 날개.

더해지는 이제는 잊혀진 물건, 15강 한 제국의 상징.

"세 개는 상관없는데 마지막 물건은 진짜 나중에 쓰세요. 알죠? 스토리텔링? 사실 내가 써먹으려 한 콘텐츠인데 그림 그려보니 켄지 님이 갖고 있다가 쓰는 편이 훨씬 더 큰 그림 그릴 수 있을 듯해서."

"감사합니다. 값은 따로 쳐서 연락드리겠습니다."

두 남자의 거래가 성사되었다.

12

한시민의 방송은 몇 년이 지나도 한결같았다.

달라진 게 있다면 단 하나.

-얘들아, 나 방송 방금 켰다. 낮잠 좀 자고 올게.

-ㅇㅇ. 오늘 자 기준으로 광고 시간 1시간 23분 33초니까 알람 맞추고 자고 와라.

-하, 난 아직 23분 남았다.

-그래도 이거만 뚫고 들어가면 일주일 편하다.

많아진 광고에 그래도 없는 양심이 조금이나마 찔렸는지 한시민이 가끔 1주일짜리 녹방을 틀어준다는 것.

물론 그 또한 가격이 30만 원 선이라 싼 것도 아니지만 원하는 녹방을 한 편 보려면 그보다 많은 돈을 지불해야 하는 소비자 입장에선 이보다 좋은 기회는 없었다.

-아, 슈바. 보다가 튕겼다. 하.

-얼른 다시 켜라.

-쯧쯧.

많은 불편함은 있었지만 이미 한시민의 노예가 된 고정 시청자들의 수는 이미 수만 명.

-내 죽기 전 마지막 소원이 있다면 생방 한 번 보고 싶다.
-요즘 결혼하고 게임도 잘 안 하는 거 같던데.
-시민아, 보고 싶다.

전문가들 사이에선 이런 말도 떠돌았다.

"판타스틱 월드가 망하더라도, 베타고가 고장 나더라도, 고글 사가 망하더라도 한시민이 굶어 죽을 일은 없을 것이다."

제자리를 찾지 못한 불쌍한 노예는 카르디안 뿐이었다.
"야, 넌 안 돌아가냐?"
"하트를 돌려준다면 돌아가겠다."
"아니, 너 왜 이렇게 양심이 없냐. 드래곤은 다 그래? 아무리 우리가 정이 들었다고는 하지만 그래도 계약한 게 있는데 어떻게 막 깨고 그러냐."

"……."

"안 그러냐? 너도 알잖아. 지금 네가 몇 점인지."

"99.999점이다."

"그래, 0.001점 부족하네."

"인간."

"왜, 인마."

"넌 정말 마족보다 더 마족 같은 놈이다."

"그냥 포기하면 안 되냐? 나 이 반쪽짜리 하트라도 좀 팔아 먹고 싶은데."

"그것만은 안 된다."

"하, 질긴 녀석."

"끝까지 받아낼 것이다. 인간."

"그래라."

이유야 뭐, 이러한 사소한 내용들 때문.

그 뒤로도 한시민의 양심 없는 심부름은 계속되었다.

"가서 이거 좀 구해와."

"……."

"0.0009점 줄게."

"도저히 참을 수 없다."

"그래? 포기하게? 아니면 나 죽여. 그냥 계약 파기되잖아. 그러면."

"……."

한 번 노예는 영원한 노예다.

카르디안은 그 올가미에서 벗어나지 못했다.

13

시간은 흐르고 흘러 한시민이 아빠가 되고 아들의 돌잔치 날이 되었다.

"부자야, 까꿍!"

많은 사람이 참여했고 그 가운데, 주인공인 한부자가 있었다.

부자가 되기를 바라는 마음에서 지어준 아주 성의 없는 이름.

"이야, 진짜 생각할수록 대단하다. 아들 이름을 어떻게 부자로 짓냐."

"왜요, 나도 시민인데. 부자가 뭐 어때서. 부자로 지어줘야 저처럼 시민으로 살지 않고 부자로 살죠."

"하긴, 태어나서부터 다이아 수저 물었으니 부자로 살긴 하겠네."

"무슨 말씀이세요, 부자한테 한 푼도 안 물려줄 건데."

"……."

"우리 집안 내력입니다."

확고한 의지와 함께 시작된 돌잔치.

많은 사람이 눈을 빛내며 지켜보았다.

과연 한시민의 아들은 무엇을 고를 것인가.

"돈이겠지?"

"돈일 거야."

"그 아비에 그 아들이지, 뻔해."

정말 뭐가 있는지도 나열하기 힘들 정도로 많은 물건이 올라와 있었다.

한시민의 아들 한부자는 한동안 넓은 상 앞을 기웃거리다 이내 무언가를 잡았다.

"……!"

"……!"

누구도 예상하지 못했던, 가상현실 기기.

김이 조금 샜다.

"매일 엄마랑 아빠가 저거만 붙잡고 있으니 잡았나 보다."

"에잉, 돈 잡는 거 보고 싶었는데."

그래도 즐거운 날 즐거운 분위기가 깨지지는 않았다. 생각했던 것보다 한시민과 강예슬은 알콩달콩했으니까.

"오빠, 오늘 우리 엄마, 아빠 온 김에 부자 맡기고 여행 갔다 오자."

"그래."

"가서 둘째도 낳을까?"

"어허, 생명이 어? 막 만든다고 만들어지는 거냐. 자연의 섭리를 따르다 보면 되는 거지."

"헤헤."

저런 자유로운 영혼들. 이제 막 한 살이 된 아들을 방치하며 키우는 자유분방함.

그 가운데 한시민의 피를 잇고 크는 한부자는 어떻게 성장할까. 모두가 궁금해했다.

14년 뒤.

훤칠한 키, 오밀조밀한 이목구비, 미소년의 느낌이 물씬 풍기는 소년이 판타스틱 월드의 캐릭터를 생성했다.

소년은 푸르른 하늘을 보며 숨을 들이켰다.

"후아, 좋다. 이게 가상현실이구나."

매일 엄마, 아빠가 하는 화면만 보다가 직접 들어오니 감회가 이토록 새로울 수가 없다.

물론 그마저도 이제는 보지 못하겠지만.

"드디어 오늘이 오는구나."

15살이 되던 해. 한시민과 강예슬은 한부자를 앉혀놓고 진지하게 말했었다.

"아들아, 네가 이제 클 만큼 컸으니 독립하거라."

"예?"

"집과 월세와 용돈은 주겠다. 원래 인마 인생은 독고다이야. 홀로서기를 연습하도록 해."

"……예, 아버지. 하지만 제 나이 고작 열다섯, 소원이 하나 더 있습니다."

"그래, 말해보거라."

"최상급 VR 기계 하나만 사주십시오."

"호오, 가상현실로 돈을 벌겠다?"

"예, 소자 어머니와 아버지가 이루신 판타스틱 월드에서의 기반을 빼앗으러 가 볼까 합니다."

"당돌한 녀석 보소. 예슬아, 어때. 사줄까?"

"응, 당돌한 게 딱 오빠 어렸을 때 보는 거 같아. 가서 한 번 개고생 해봐야지, 부자도."

여전히 판타스틱 월드는 가상현실 게임 1위를 유지하고 있다. 아니, 0위라고 하는 표현이 맞을 것이다.

지구촌 사람들에게 판타스틱 월드는 더 이상 게임이 아니라 진짜 또 다른 세상이 된 지 오래였으니.

그만큼 이뤄놓은 것들이 많다는 뜻이다.

거기서 기반을 빼앗는다.

그건 신규 유저들에겐 절대로 불가능한 일.

애초에 게임을 즐기기 위해 판타스틱 월드를 플레이하는 유저는 요즘 시대에 별로 없다는 걸 생각해 보았을 때 한부자의 도전은 말도 안 되는 일.

하지만 한부자는 자신 있었다. 한시민처럼 특별한 능력은 없지만.

"설아 이모 전성기 때 컨트롤 정도는 이제 내가 씹어 먹으니까."

의지를 다지며 꿈을 꾸었다.

"아빠 요즘 판월 하지도 않는데 어차피 물려주지도 않을 거, 내가 다 먹어야지."

인성을 고스란히 물려받은 한부자가 맨몸으로 판타스틱 월드에 몸을 던졌다.

the end